聯手入侵

看不見的戰爭系列

梁德煌——第七本小說創作集

晨星出版

推薦序

聯手入侵——看不見的戰爭系列

筆者很榮幸，能為梁先生第7部小說「聯手入侵」作序。梁先生的博學多聞，他小說中所探討人生課題的多樣性，深度，與趣味性都令筆者深深折服。尤其是「看不見的戰爭Ⅳ」一文，就像當今全球「最火」的電影，Tom Cruise的「致命清算—上集」一般，令人欲罷不能，深有「欲知後事，請聽下回分解」之感。

若能靜下心來細細揣摩梁先生筆下人物的性格與彼此之間的互動，他所編織出來的故事可以發人深省，令人回味無窮。在梁先生「看不見的戰爭」這部長篇連載的第4集「聯手入侵」中，我們不但可以品嘗人眼無法覺察，靈界次元裏精彩絕倫的神魔大戰，如何藉著明佐亞芳這對神仙眷侶在人間繼續進行，我們更可以看見心理學有關原生家庭，依附關係與心靈醫治等等重要議題如何在明佐亞芳這個善良美滿，三代同堂的大家庭中不斷展現。

例如，從前集中我們知道女主角亞芳有令人心酸的身世，飽嘗了人間種種黑暗惡勢力傷害的她不能不把柔情冰封心底來防衛自己，然而她不但沒有像許多受傷的人把心變硬去傷人，反而始終保持正氣，同情弱小，以無比的勇氣與命運抗爭。然而，縱使亞芳外表堅強，她內心其實是孤寂的。人類心靈深處最終極的呼喊是，在我遇到危難時，你會在我身邊幫助我嗎？愛是心靈醫治最重要的元素，而亞芳非常需要有被疼惜的經驗與一段醫治的過程。

依附理論讓我們看到，親子關係是一切關係的基礎，而愛情關係就是親子關係。從全球有關創傷療愈的尖端科研中，我們知道，最深的心靈醫治，並非來自左腦由上而下的說理與分析，而是藉著潛意識在無言之中把愛的人與愛的記憶內化心底那種右腦由下而上的「矯正性情緒經驗」（Corrective Emotional Experience.）從深度心理學與心理治療者的角度來看，「愛情是我們一生之中最千載難逢的時機，可以醫治心靈創傷，讓我們心中最深的需求得到滿足，但同時又是當我們放下防衛，心理最脆弱，最容易傷上加傷最危險的時刻」。

「問世間情為何物，直教人生死相許？」愛情之所以具備如此巨大的醫治性與殺傷力，是因為在熱戀中的人可以唱歌唱得慌腔走板，他的愛人卻可以聽得津津有味。被愛人「無條件接納」與「在愛人心中居首位」是人類心靈最深的渴求。在這種愛的滋潤之下，受傷的人難以抗拒地自願放下銅墻鐵壁般的心理防衛，讓心靈退化回柔軟純真的嬰孩狀態，在愛人慈父慈母般最高的關注，呵護與疼惜下，期待能得到生命中所未嘗過最深的滿足與醫治。

許多人在尋愛的過程中傷上加傷，然而這位前世在修羅界領軍的魔女，卻極為幸運地在人間遇見了從小在父母充滿恩慈又有智慧的愛中成長的明佐。亞芳受傷的心靈在明佐溫暖，體卹，無條件的愛中得到救贖，重啓了冰封心底的真情，開始熱愛生命與身旁的人，並且因著家人的愛，發展了心理上的「安全依附」（Secure Attachment），所以她能釋放過去被固置（Fixated），用來防衛心理傷害的精力，轉化為創造力，建立了一個欣欣向榮，讓她能引以為傲的事業。當然，在梁先生的故事綫中，這對愛侶在人間所面對險惡的環境，並沒有因著亞芳的自我成長而改善，但筆者相信，她內心的「防毒功力」已經大幅增加。

梁先生對婚姻家庭有極為敏銳的觀察力。例如，在故事中，我們看到有關「嫉妒」的議題。麗亞的再度出現，對亞芳還在發展中的「心理安全依附」造成了威脅，以至於她開始有防衛與掌控的傾向，在她與明佐的愛情關係中產生張力。此外，我們可以在文中看到親密關係的複雜性。例如，亞芳相當在乎，在自己所疼愛天真無邪小女兒的心中，到底是媽媽還是爸爸居首位。其實，這是非常合乎人性的，也在不同的程度上發生在所有的家庭之中。

的確，不分年齡，我們每一個人一輩子都在問兩個問題，「我可愛嗎？我有用嗎？」當一個人對我們變得越重要，我們越會問「在你心目中，我是最重要的嗎？你真的珍惜我嗎？」筆者從許許多多來訪個案的生命故事中看到，人生最重要也最難的功課也許是讓「生命中你所愛的『重要他人』也能真正愛你，肯定你！」即使在一個充滿了愛的家庭中，親密關係仍然會有挑戰。幸而，只要願意，愛是可以學習的，因此，每個人都需要瞭解彼此的差異與需求，學習化解衝突，尋求雙贏；並且要學會，不是要愛得更努力，而是要愛得更有智慧。

梁先生在他的小說中，也藉著不同的故事來探討宗教中有關人性、善惡、正邪之爭、和公義與慈愛之兼顧等等重要議題。例如，在「看不見的戰爭Ⅳ」中，梁先生問了一個發人深省的問題讓我們反思：「明佐想到修羅和夜叉，這兩種生靈滲透人間企圖擴大勢力範圍，得到供養和崇拜，那麼欲界天的天人呢？除了慈悲的心態和採取信徒自願的心態外，是否目的也一樣？」

明佐與鐵公所代表的天界與胡董（修仙）所代表的魔界似乎都想要得到人類的「供養和崇拜」。在希臘羅馬神話中，我們看到眾神都需要獲得人類的膜拜；在許多宗教中，我們也看到類似的觀念，那就是神與魔都在爭奪他們在每人心中的影響力。若是如此，那麼神與魔，正與邪之間的分野何在？

靈界這些為取得人類「供養和崇拜」所發生之「看不見的戰爭」，似乎在人間也不斷重演。許多人一輩子也一樣在爭名奪利，希望獲取比別人更多的財富，權力，與更高的身份地位。這麼說，難道想要被人尊敬，擁有財富與「權力／影響力」（換句話說，有人會按照你的意思去行）的這些需求是不對的嗎？事實上，善良如女主角亞芳，她也希望她憑著自己聰明才智努力創立的公司能夠成功賺錢，並且像在婚姻家庭關係中的女性一樣，希望丈夫和孩子都聽話。所以讓我們再思考一次，「神與魔，正與邪之間的分野何在？」

梁先生在他的小說中問了這個問題，也提供了答案。這中間區別也許在於宗教情操、「慈悲的心態、和採取信徒自願的心態」。從某個角度來看，每一個宗廟與教會似乎都有不同百分比的黑暗面與光明面（不同程度地從邪惡的「損人利己」，到公平的「等價交換」，到最崇高的「捨己愛人」），各宗教機構也都按著商業機構的運作模式向信徒收取奉獻來生存。有的用正當的方式，滿足信徒的需求，收取合理的報酬；有的自私貪婪，用詐欺與各種心理操縱，不顧信徒死活，來為自己謀求名利。各個宗教團體之間，也能看到類似商業團體或政治團體之間競爭的現象，希望增加影響力，合理吸引或以惡性競爭（用「我好你壞」之類的種種謊言打擊對手）來搶奪信徒（顧客）。

「希望有影響力，能滿足所需」是人類生存的基本需求，本身並沒有錯，筆者也認為「能具有影響力」是件非常好的事，尤其是能夠善用財力與影響力去濟貧扶弱，或像鐵公一樣去伸張社會正義。然而人類社會中卻充滿了像胡董（修仙）一樣的人，有了財力權勢便損人利己，也有許多為了目的而不擇手段的群體、更有爭權奪利的政黨，與發展強大軍隊去巧取強奪的國家。從這裏我們可以看見神魔，善惡，與正邪之間的分野。然而，名與利的誘惑實在太大，善惡之間往往只有一綫之隔，神魔之別也在一念之間，人在成功之後很容易忘了自己是誰，而撒旦本來是天使中最耀眼的明星，卻因驕傲而墮落陰間。

梁先生的小說中也探討各個宗教所面臨「假冒偽善」的問題。例如「往前」一文教會追思禮拜中剛剛過世的晁棋，在人前是位謙恭有禮，事業成功的君子，唯有與他曾經有近距離相處經驗的家人和親友，才會深知他的自大兇爆，沒有誠信，是個會損人利己的小人，以至於妻子會反而喜歡他長年在異地工作不在家的日子。心靈上的「親」或「不親」是騙不了人的。筆者認為，人間最大的成功，並不在於一個人多有錢或多有名，而是在一生之中，有人與他朝夕相處，深知他所有優缺點之後，還能信得過他、尊敬他、真正愛他、當他不在身旁時非常想念他。筆者也相信，每個人身上都具有神性與魔性，而宗教情操極為重要，雖然在各大宗教中，我們都可以看到假冒偽善的領袖，幸而我們還有不少像慈濟證嚴法師與Mother Teresa一樣捨己愛人的榜樣可以讓我們效法。

梁先生第7部小說中，還有好幾篇精彩的故事，例如「因果」這篇驚險香艷的偵探小說，描述一位從小家勢貧困，一無所有的男主角小符，如何藉著過人的才智與毅力，周旋于黑白兩道之間，終能完成事業與愛情人生兩大夢想的故事。筆者非常佩服梁先生人生見識的廣度和深度。要能寫出這樣有吸引力的故事，作者必須真的懂車子、懂建築、懂罪犯與保全、懂武功、懂致富商機、更要懂得愛情與人際智慧。這也是一篇令筆者意猶未盡，希望梁先生能把這個中篇繼續寫成長篇的小說。

如筆者先前所述，作者梁先生是一位「有德行與文化素養的儒商」，他像諾貝爾獎得主赫曼赫塞小說流浪者之歌中的西塔達，在紅塵中打滾，看過人生百態，卻出淤泥而不染，帶著尋道者出世的心，過入世的生活。柏邦妮問道：「心裡很苦的人，需要多少的甜才能夠填滿呢？」馬東回道：「心裡很苦的人，只要一絲甜就能填滿。」多年來，梁先生始終懷著社會良心，背負著知識分子傳道授業解惑的使命，寓教於樂，藉著他的小說循循善誘，幫助這個不完美的世界中，在善惡之間掙扎的芸芸眾生，能感受到一絲溫暖，可以激發出更多的善念與勇氣，繼續去追尋光明幸福的人生。

這是一本有趣、充滿人生智慧、能發人深省的好書，筆者在此鄭重推薦。

——美國西北大學醫學院臨床心理學家　黃維仁博士

謹將此書獻給

我這一生事業上合作過的夥伴們，包括股東與同事。由於你們的參與，讓我克服艱難，做到己所不能，從而得到平靜和快樂。

致上感激之餘，也願大家未來一切順遂，永保安康。

自序

最近溫哥華的電視中常常播出一個RV汽車的廣告：

一個下班的中年男子在等候火車進站時，突然絕望的轉向曠野，丟棄公事包，脫掉外套，解開領帶，奔向森林、躍入湖泊，於水中和真實的自我相擁而泣。

年過七十，從小不確定此生的目的，也不知什麼是真實的自我，尋覓至今。金剛經說人生如夢幻泡影，所以你我他全都生活在自己的泡泡中。寫小說是否創造出更多虛幻，無庸置疑，然而對我而言，在寫作的過程中必須把思緒釐清，也是一種探索。至於讀者，觀看故事這個泡影，藉由當時心境的回應或不同角度理智的解析，也許可以得到特殊的覺受，對於了解自己的人生有所幫助。

希望如是。

目錄

往前

如婷穿著白上衣、黑裙，看到她時露出驚訝表情，隨之引導去後左邊，老同事阿吉的身旁。如果排除十幾年前她們兩人曾經在機場偶遇，算起來已經卅五年沒見面了。

如婷沒染髮，蒼白的臉和頭髮同調，與會場相互融入，阿吉跟她點頭，輕聲問好後就保持緘默。他的頭頂全禿，鬢髮仍黑，眼袋垂得很低，乍看之下有點嚇人。

這個廳不大，排了四十幾個座位，坐了約廿分鐘，如婷嘆口氣向右邊一個黑西裝打扮，雙手戴著白色長手套的男子示意，那個男子拿起麥克風：

晁棋公告別式開始，配偶和直系親屬就位。

座位只有四成滿。前方正中央掛著晁棋生前大約五十來歲的照片，臉頰頗豐潤，睜著小眼睛，一副認真的神情。所謂直系親屬只是一個六歲左右的女孩，和如婷孤單的站在一起。據她所知，晁棋的一雙兒女從小就和他不親近，而且長大後先後遠赴美國求學，並留在彼岸就業。那麼這個女孩是兒子的或女兒的？她猜應該是女兒的，一個女人如果未婚生子或者和先生離異，帶著小孩上班很不方便。

「有請真理會的龔牧師。」司儀宣佈。

胖胖的牧師走到前面正中央，一臉憨厚：

「坦白說，我和晁太太在教會裡是老朋友，晁先生因為在高雄上班，印象中只有在前年受洗那次見過面，他人很客氣，謙沖有禮……」

那是表面的誤判，龔牧師，你沒有和他相處夠久，如果碰到他的脾氣爆發，也許你會全身起痙攣，我就是那樣……。

那時她剛畢業到公司上班，晁棋交代做一份報告，經阿吉的指導如期交卷，沒料到這位經理大人看完後叫她去辦公室：

「這是什麼鬼東西！」對她怒吼著，同時把卷宗朝她甩來，剎那間紙張飄落滿地。她僵立著，全身不由自主的顫抖，腦中一片慌亂空白。

「去，重新做一份。」又大聲說。

她茫然轉身。

「喂！喂！有沒有長腦袋瓜？要回座位也得把地上收拾乾淨。」

這時阿吉跑過來推她一下，帶頭彎腰去撿，想到在舊公司裡阿吉一向對她都很照顧，她感激的看去，他沒注意到，逕自低頭，不知道在想什麼。

「晁先生聰穎過人，拿到碩士後進入職場，表現優異……」牧師瞄著小抄。

這點沒錯，他曾和她誇耀，在四年內從副主任、主任、副理到經理，宛如搭直昇機般。

「只用了十年的時間便當上總經理，統領上下，屢創佳績，後來被高雄公司相中，高薪延攬。十五年來高雄、台中兩地奔波，為公司、家庭盡心盡力……」

這段話上半部正確，下半部應該修正，十七年前這個產業遭逢不景氣，持續了兩年，阿吉透露，股東對晁棋不滿，有一次開會時對他責怪，晁棋當場發飆罵髒話，拍桌子，震倒茶杯，水滴了半個桌面，下場可想而知。

牧師從為人、事業、家庭全部讚美完，接著道：

「現在這個信主的好人離開我們，放下塵世的包袱，請記住，上帝是我們的避難所和力量，隨時在艱苦時提供幫助，祂是我們唯一的嚮導。」

牧師拿出小本聖經：

「手中有聖經的人請翻到以賽亞書四十三之二，可以的話，跟我唸一起唸——你從水中經過，我必與你同在，你渡過江河，水必不漫過你；你從火中行過，也不被燒傷，火焰必不燒著你身。」

現場響起一片讀經聲。

牧師放下聖經：

「我引一段 Lamentation 3 的話，永恆的愛永不止息！由於祂的慈悲，我們沒有受到徹底的破壞，偉大的是他的忠誠；祂的慈悲每天重新開始。我對自己說，耶和華是我的分，所以我仰望他。」

她有點懷疑，晁棋的靈魂是否享受當下，以前她所認識的肯定不會，死後如果徬徨無依，也許吧。

最後牧師又和大家唸了以賽亞書五十七，一之二：

「……對於那些遵循敬虔道路的人來說，他們死後會安然無恙，阿門！」

她也跟大家一起「阿門」。可是晁棋啊，你有改變嗎？你有虔誠嗎？只有你自己知道。

牧師結束後，司儀以低沉、悲愴、帶著顫抖的聲音說：

「有請家屬致哀悼詞。」

如婷接過牧師手中的麥克風：

「我和我先生相識於職場，他是我的上司，有一次我事情做得不好，被他凶得返回座位哭泣，他知道了，寫一張『對不起』的小條子，趁著走過我辦公桌旁，偷偷塞給我……」

那是他一貫的伎倆，並非對所有人，只有被他相中的才有這個待遇，下來發生的和我經歷的應該大同小異。一封簡短的懺悔文外加一朵玫瑰，下班後幾次看似無意間的巧遇，順道載一程……，然後有一天相約共進晚餐，回去時再送一朵玫瑰……，過程大概如此。那時她看到比她晚來公司兩年的後輩桌上有玫瑰花，心中涼了一截。有一天兩人約炮完她故意以平淡的聲調問：你有新獵物了？其實內心淌著血。晁棋矢口否認，翻身又跨上來，嘴巴說著：我只對妳有興趣，實際上並不是這樣。當她確定晁棋腳踏兩條船時，便毅然辭職走人。

「他是一個刀子嘴、豆腐心的人……」如婷形容他先生。

這句成語完全錯誤，她過了大半輩子才體悟根本沒有這種事。所有吐露出的言詞都來自於話者的頭腦和心，沒那個心便不會說出。只能說這個人易怒，但有時候覺得後悔，願意去彌補。如婷，妳不要自我欺騙，我判斷妳這幾十年一定在風暴和平息中輪替渡過，我會放棄晁棋，妳只是一條導火線，火藥管隨時在身旁，讓人提心吊膽。

「我先生喜歡講道理，常對我們一對寶貝兒女灌輸如何處世待人……」如婷繼續緬懷。

不僅如此，如婷，他最愛爭辯與糾正別人，弄得氣氛劍拔弩張或壓抑凝重，好像天下就屬他最聰明，周圍的人皆比不上他。到最後朋友、同事紛紛避之，唯恐不及，看看今天的場面便知。

「我很幸運這一生有他做伴，唯一可惜的是，這十五年來他上班的地點不在台中，我們兩人聚少離多，到最近這半年他回家養病，我們才又膩在一起。老公，雖然萬般不捨，但仍希望你一路好走，趕快回到主的身邊。」如婷做了結尾。

如婷，妳這番話就露餡了。阿吉說，晁棋和他提過，妳習慣了沒有晁棋同處屋內的自由自在，他週末返家時，妳還嫌被他拖累了，有沒有這回事？妳心裡有數。如果妳真的享受在一起，那麼這十五年妳一個家庭主婦早就搬去和他同住，並盼望下輩子再聚。對吧？

司儀延續特別的抖音：

「再請好朋友致詞。」

阿吉起身有點困難，雙手搭著前排的椅背才能順利站立。多年不見，沒意料他衰退得這麼快。

阿吉清一下喉嚨：

「我和晁棋兄也有一陣子沒見面了，兩年前他留給我的印象仍然生龍活虎，高談闊論的，結果今天居然在這裡相會，世事無常使人不勝唏噓。」

阿吉，所謂高談闊論是不是又在批評政府，或講他人犯了什麼錯誤？

「我是晁棋兄的學弟，自從進入公司後就被他一路提拔……」

這是事實，但你沒因此少受他的氣。同事兩年半，她起碼看過六、七次晁棋給阿吉難堪。有一回晁棋還在辦公室內大聲對阿吉說，你的智商有問題！阿吉，你受到他的賞識是因為你的逆來順受、忠心耿耿，能力不錯又願意扛起做錯的責任。所以當公司有空缺時，晁棋第一個想到你，甚至晁棋被解雇時，董事長也重用你，那是你應得的。她回想起卅七年前的阿吉，青澀、純樸，不擅言詞，每次望著她時眼睛發亮，經常給她帶來一罐飲料或小包餅乾。

「給……給妳，希……希望妳喜歡這種……口味。」

她觀察到阿吉只有對她講話時才會結巴。後來她和晁棋交往，這種特惠就停止了。離開公司一年後他跑到台南見她，兩人約在冰店，寒暄敘舊完阿吉吞吞吐吐的提出來往的要求。

她抱歉得回答：

「我已經有男朋友了。」

阿吉瞬間僵住，過不久眼角濕潤，他以手背抹去，從此他不再有這類試探性的提議。

不過閒著無聊時她會去電問公司同事的近況，遇到工作、家庭的不順心時，她自然想到阿吉。他一向不多話，耐心的傾聽和勸慰。這樣的男人上台一定只說晁棋的許多好話。

果然在一大堆的讚美和感恩後，阿吉右手撫著左胸，轉身對晁棋的遺像說：

「大哥，小弟這一生都幸虧有你的照顧，希望你早去早回，來生我們仍是好兄弟！」

她聽了有些感動，站在右前方的如婷也拿出手帕輕擦臉頰。

司儀謝過阿吉，指揮助手在左前側架起小螢幕，對大家說：

「下來讓我們一起懷念晁棋公。」同時按下影音鍵，現場響起晁棋最喜歡的蔡琴歌聲，影像則從少數幾張晁棋幼年的照片開始、求學時期、青年，最多的當然是他和如婷及子女的照片。其中一張他們處於沙灘，晁棋仰面躺著，如婷和子女在旁邊玩沙子⋯⋯。她忽然記起曾經和他去墾丁，不會游泳的她坐在草蓆上喝冷飲，晁棋泳畢回來，累躺在旁。她拿起一條大毛巾俯身幫他擦拭，他閉眼享受，抹完上半身，她忍不住撥弄起他胸上那幾根胸毛，晁棋冷不防的攬住她的頸背，輕輕下壓，她緩緩的跌落在他寬闊的胸膛上，聞著他的體味，撫摸著他的胸肌和腹肌。那片刻時間靜止了，她以為那就是天長地久。

她感到胃部起了痙攣，一股酸楚快速衝上喉嚨，她怕下一秒眼睛將很不爭氣，急忙向阿吉低語：

「我去一下廁所。」

連自己都聽出來聲音帶著哽咽。

拿著隨身包，佝僂身子走出會場，洗手間在不遠處，裡面無人，關上門，眼淚立即潰堤，卅幾年前的甜蜜、承諾、背叛、疑神疑鬼的煎熬交叉重現腦海，她不禁趴在洗手台低聲痛哭。

過不久聽到有人打開門，她拿紙巾抹去淚痕。

「請節哀。」那人對她說。

她點頭致謝。補妝後發覺口好渴，肚子也餓了。問了餐廳所在，她前去點了咖哩雞套餐。距離正午差半小時，顧客零零星星，餐的味道還行，她慢吞細嚼，每一口都伴著大量的唾液，這一招有效改善困擾她數十年胃腸的毛病。

吃完後她又去櫃台點一杯Cappuccino。

「哦，原來妳在這裡。」門口走來一個女人對她說。

她回頭看，是如婷，覺得有必要解釋為何中途離開，她趕緊回答：

「真的不好意思，臨時尿急，之後又肚子餓，所以……」

「沒關係的，妳那麼老遠跑來我就很感激了。」如婷點了咖啡和總匯三明治，堅持把她的咖啡錢一併付清。

兩人拿著食物，選在窗邊的桌子旁坐下，如婷眼角有許多魚尾紋，法令紋也很深：

「怎麼會想到來參加晁棋的告別式？」

如婷狀似隨意提起，可能藏有玄機。她早有準備：

「我一直都和阿吉保持聯絡。當他收到訃聞時通知我，問要不要來和昔日長官辭別，順便會一會老同事。湊巧我台中的阿姨生病，於是答應了，等一下就去探望她。」

「喔，是這樣子，不過今天讓妳失望了，來的老同事就只有阿吉。」

她有點尷尬：

「我和阿吉也有幾十年沒見面了。」

「晁棋的人緣不好，難得妳離開公司這麼久還會懷念他。」如婷直直的盯過來。

原來如婷知道她和晁棋有過一段，但這又怎麼樣？

「人老了，特別容易為過去感傷。」她嘴巴說著，心裡想，如婷啊，我是晁棋在公司的第一任，妳是第三者。不過……，妳是最後的勝利者，想到這裡，她嘆口氣。

「是啊，世間的一切很快成為過去。」如婷跟著嘆口氣。

兩人陷入沉默，如婷把三明治吃完，喝了幾口咖啡：

「其實和他的相處只有婚前一年和婚後兩年令我懷念。那時他對我愛護、珍惜，就算忍不住大發雷霆，事後也會道歉，並想辦法修復彼此的關係。生了兩個小孩以後，我們開啟了長達數十年的相敬如賓。」如婷的神情透出落寞。

她回顧自己的婚姻平平淡淡，來不及指出這是現在很多家庭的常態，如婷接著糾正：「不是賓客的賓，是冷冷冰冰的冰。有他在，我們常被嫌東嫌西，我和小孩學會了不反駁、不頂嘴，只是氣氛降到了冰點。」

她的先生倒還好，個性溫吞，沒魄力。在公家機關上班，循規蹈矩、小心翼翼，有空就跑去和幾個大學同班一起攪和，喝小酒，唱卡拉ＯＫ，聊是非，把她和小孩撇在家裡。

「這十五年他在高雄上班反而是我婚姻中最輕鬆的時光。」如婷停頓一下：

「我聽阿吉說妳嫁到南部，是嗎？」

「是的，我娘家在台南，先生也在台南上班。」

「有和晁棋見過面嗎？」如婷問得突如其來。

她嚇一跳。她曾在百貨公司內和晁棋不期而遇，兩人去星巴克坐，晁棋熱烈的眼神使她的臉頰發燙，離開時晁棋向她要電話，當時她有點猶豫，最終沒給。

沒等她回答。

「我問這個做什麼呢？就是有也無關緊要。」如婷聲音極小，算喃喃自語嗎？她不能確定。

如婷把剩下的咖啡一口氣喝光，站起來：

「謝謝妳耐心聽我嘮叨，我該去和我弟弟、妹妹會合了，人生沒有不散的筵席，對吧？」

「對。」她跟著站起來：

「我也該走了。」

如婷和晁棋的筵席已經結束，她的還沒。看看手錶，現在趕回去仍來得及到黃昏市場買食材，給先生煮一鍋他盼望已久的菱角排骨湯。

因果

1.

「有因就有果。」他在寬大的浴室內對著化妝鏡刮鬍子，驟然這句話蹦出腦海。

「真實不虛啊。」他想。

這個哲理起萌於初中時他陪媽媽去賣藥講經的地方聽課，台上老師賣力說完一段佛經後，拿起桌上的「保腎丸」，大聲道：

「我們要造好因，才能得好果。各位聽眾，你有腰膝痠軟、昏頭眼花、健忘、失眠的毛病嗎？你知樣這係蝦米病頭？我明明白白告訴你，這係腎虛、腎氣不足所造成的，有這種情況之一，你就必須造好因，吃這瓶保腎丸，吃了以後保證你得好果，從此睡好覺、耳清目明、身手敏捷、頭殼變好，來，誰要造好因？」

台下舉手十分踴躍，老師笑得合不攏嘴。會後他和大家喝著免費供應的杏仁茶，嚼著小餅乾，當下領悟，因果到處發生。他因為來到這裡才享受到這些美味，而老師佈下這個局，荷包滿滿，佈局很重要。

不過每人狀況不同，能造的因和得的果都不一樣。譬如書不親近他，功課自然不好。但是他長得不錯，個性隨和，願意幫助同學，所以每學期推舉出來的幹部群都有他的份，也曾經當過一年的班代表，就在那年他和小茵成了男女朋友，只是畢業後他回去當鎖匠，被她的父母嫌棄，斷了來往。

……

他嘆口氣，用力洗臉，祛除過去不好的記憶，之後穿上僅有的一套亞曼尼西裝來到對面的社區小公園，里長熱心迎接，領他到臨時加放在草地上的第一排正中央座椅上，後面兩排零零落落坐著一些附近的居民，其中一個穿黑色禮服的女士吸引住他的眼光，仔細瞧，有些面熟，對方笑笑的問：

「忘了嗎？」

他記起來。兩個星期前週末下午，他趴在樹蔭下的草地看小說，被書中的內容逗趣，突然上方有女聲問：

「什麼書這麼好看？」

他仰頭，一個有點艷麗，約卅歲左右的女郎站在前頭。

「喔。」他爬起來，遞書過去。

「好可怕呀，師父……，好奇怪的書名，裡面講些什麼？」她接過書，看到封面，咯咯笑著，一縷陽光穿過枝葉，照在她臉上，顯示出兩頰各有幾顆雀斑，增添幾分淘氣。

下：

「這是其中一篇短故事，敘說一對出家的師徒各自遇到女性的經歷。嗯……」他頓一

「內容不長，大約廿分鐘便能讀完，妳何不翻翻看。」與其詳細描述給對方，不如她親自體驗。

「真的？那我不客氣了。」說完女郎一屁股坐在地上，閱讀起來。

女郎身上散發著淡淡的幽香，一身休閒裝，一看便知是名牌，另外那雙粉紅色涼鞋套腳處的皮革剪出H形，很容易辨別出自哪家的產品，他剛搬進這個社區，女郎應該住在附近，家境一定很好。

「嗡嘛呢叭咪吽！」

他聽到有人唸六字大明咒，回過神來，女郎又衝著他唸一次。

「幫你除魔。」女郎笑著：

「就像老和尚夢中驚醒，趕緊唸咒來驅除心魔一樣。」

他頓時明白，她藉用小說的結尾來取笑他的沉思，不禁摸摸後腦杓，笑著跟唸：

「嗡嘛呢叭咪吽！」

「呸！呸！我可沒有著魔。」女郎皺起眉頭。

「沒著魔也可以多唸，它的功效還有祛病、求福、早日開悟……等等。」

「真的？」她睜大秀目看過來。

「沒騙妳，我母親是虔誠的佛教徒，從小這樣教我們。」

「嗯，那就不怪你，喂，我姓傅，就住在35號那一棟。」

順著她的手勢，就在斜對角，這個社區內最顯眼的五間別墅之一，列在他擬定的敦親睦鄰的名單上。

「我姓符，住這一間。」

「剛搬來嗎？我記得這間主人是一對五十多歲的夫婦。」

「我向他們租的，仲介說他們移民去加拿大。」

他們寒暄了一陣子，傅小姐看看手錶，哎呀的叫一聲：

「我有事得走了。」站起來又回頭笑著：

「我們一個姓傅，一個姓符，聲音只有上下之差，好巧哦！」

……………

椅子漸漸坐滿，不久一個穿中山裝約六十歲的人在馬路邊停好車快步走來，里長率先鼓掌，也請大家一起拍手。一個看似里長太太的人拿來一隻麥克風，里長隨即開口：

「歡迎鄭區長大駕光臨，區長為什麼到我們社區，相信大家都看到派報的內容，我這裡就不重複了，現在我把現場交給鄭區長。」

「各位早安！」區長對大家說：

「我們市長一上任就宣導施政重點首推治安，而治安的改善需要加強警民合作，從社區做起。上個月在這附近發生一起入屋搶劫傷人案，由於在深夜，作案人蒙面、戴手套，也沒地緣關係，警方找不到線索。在束手無策之際，一位熱心居民提供一小段USB，其中可以看到兩個黑衣人從一台轎車走出，雖然這兩人被拍到時沒有蒙面，也看不出攜帶凶器，不過警方明察秋毫，從車牌查出車主不住本區，幾經推敲探索，最後順利破案，這位熱心人士是誰呢？報紙上沒有披露，但相信各位已經知道，他就是坐在第一排的符先生。」

大家一致鼓掌，他起身向大家鞠躬。

「區公所決議呈報市長，得到同意，所以我今天很榮幸代表市府來到這裡頒發本區有史以來第一枚『榮譽區民』勳章。現在請符先生上來。」

掌聲延續了半分鐘。

他出列，區長拿出一個錦盒，打開，裡頭躺著約六公分正方的胸章，四角邊呈弧形，正面有飛龍凸雕，看起來有些份量。里長拿著相機過來，叫他和區長對著觀眾，各勻出一隻手托著錦盒。

「笑一下。」里長吩咐著，連拍幾張。

區長把胸章別在他的西服上，看著針頭扎入布料，有些心疼。

「我們請符先生講幾句話。」區長道。

「區長、各位鄰居，大家早！嚴格來說，這枚勳章不能頒給我，應該頒給一隻鳥。」他對大家說。

「鳥？」區長和里長疑惑得一起發聲。

「是的，鳥，但我不知道哪一隻。」他微笑：

「兩個多月前我搬進來，發現街道上的監視系統並未延伸至本社區，所以我在住處的四周裝了鏡頭。上個月有一天早上起來，看了錄像內容，發現沒錄到我房子四周，反而錄到對街去了。我跑去前院看，鏡頭歪了，掛著鏡頭的架子上殘留著鳥糞，想來必然是哪隻鳥飛來站在上頭，並且放一坨屎來標明到此一遊。」

眾人皆笑了。

「隔幾天新聞報導說我們這個社區有一戶遭到入屋搶劫，我一時興起，把已錄的錄像看一遍，發現有一小段也許可以參考，於是提供給警方，誤打誤撞，破了案。分析起來，那隻鳥居功厥偉，當然警方的努力才是關鍵。無論如何，我很榮幸得以和大家當鄰居，這個，」他摸著衣服上的胸章：

「是我這一生中最美妙的紀念。」

如雷掌聲響起，區長和里長先後過來與他握手，里長跟著宣佈：

「茶點時刻到了。」

幾個年輕人快速從一輛小貨車上搬下幾張長桌，舖紅桌巾，擺上一桶咖啡、一桶奶茶和幾種Muffin、餅乾及各式乳酪、水果。

里長帶他前去，早上沒吃早餐，眼下正餓得慌，他取一杯咖啡和兩個Muffin，大口咬著，此時傅小姐走來：

「符先生，沒想到你這麼幽默，大家都被你逗樂了。」

一對老夫婦捱到他們身邊：

「符先生，歡迎你來到我們這個小社區，也謝謝你為我們維護治安。對了，請教一下，你的保安系統是誰幫你做的，可以介紹給我嗎？」老人家問。

「爸，我們公司不是有認識的廠商嗎，還有現在才裝可能把家裡弄得亂七八糟。」

原來他們是一家人。他先回答傅小姐：

「穿線儘量沿著地板邊緣或天花板與牆壁接合處，除非細看，否則看不出來。」然後面對老人家：

「我是自己安裝的，可是最近閃到腰，不然的話很樂意為您效勞。」

說時一個和他年紀相仿的年輕人擠過來：

「符先生，我姓楊，就是被搶的那戶人家，我父母叫我來向你致謝。他們說等痊癒後想邀請你過來坐坐。」

「謝謝，舉手之勞不必掛齒。不知他們的傷勢如何？」

他回問。

「還好，沒有大礙，大概下星期便可以回家休養了。」

陸陸續續一些區民來和他寒暄，人際關係等於資源，當時曾經猶豫是否交出影像，顯然這一步走對了。

因造果，果又變成因

他得到勳章是果，而這個果可能變成好因，

「能否發酵成好果呢？」他有些期待。

2.

前一晚強迫自己研習股票分析，被那些財務研判和如何製作線型趨勢圖弄得昏頭腦脹，只不過喝了一杯茶來幫助提神，居然弄得整夜極為淺眠。他嘆口氣，帶著疲憊的身子起床，心裡想，這方面是不是因緣不足？

「再加把勁吧！補好因。」他自我勉勵著。

喝杯水後他在電腦上把臥室邊窗鏡頭的錄像放出來，倒退至清晨五點到六點之間，沒錯，側街後方的那戶人家又有一台車當前鋒，一台車充後衛，包夾著賓士500到車庫前，等它駛入車庫，前後車掉頭離去。這種情況和他搬來第二天早上無意間發現的完全相同，依經驗，這種陣仗下賓士車內應該裝著許多現鈔，這些錢也許來自夜店、電玩賭博、應召站或……販毒。

「要不要去招惹？」他尚未決定，把影像拉近，內鎖為水平頭，型號也許是E-830，不敢確定，但只要是這類款，二、三分鐘就能搞定，比較麻煩的是這家有保全系統，這意謂著，打開後只有五至十分鐘的行動時間，那麼會有警報聲響起嗎？記得租賃時合約內所附的社區公約內含著這類規定，他打開床頭櫃拿出合約書細看，有了，第十五條，說為了社區的寧靜，不得設定警報聲，看到這裡他鬆口氣，同時覺得肚子餓了。

到廚房打開惠而浦大型冰箱，取出昨夜吃剩的羊肉炒飯，放進微波爐，再從櫥櫃中拿一包萬歲牌海苔昆布燕麥包，倒入茶杯，沖熱水攪拌，全部就緒，靠著大理石桌面用餐，看著四周精緻裝潢，宛如在夢中。從故鄉大學畢業後找不到像樣的工作，爸爸看不過去，叫他回去自家的鎖店，他本來就有些底子，一下子就上手。不久甚至青出於藍，連父親頭痛的保險箱也難不倒他，許多客戶丟了鑰匙或忘了密碼，只要不是太高端的，憑著摸索來的經驗，都能迎刃而解。後來他迷上汽車，上了短期的汽車維修課程，以第一名畢業後經老師介紹他進入世界出名的汽車經銷廠維修廠，有一次幫VIP客戶送車回家，客戶請他入屋喝冷飲，讓他見識到另一個層次的生活，他開始策劃進階之路。

用完早飯到盥洗室，取出自學特製的兩塊有鬍渣的人工皮黏在雙頰，在接縫處先抹遮瑕膏，再整張臉塗以厚厚的粉底，戴上黑粗框無度數眼鏡，上一點髮膠把頭髮弄亂，使額頭覆蓋著一些瀏海，換上父親廿年前的運動服，瞬間變身為一個不修邊幅的中年學究，陌生又無辜。

出門前取出以前在修車廠工作時複製客戶留在車內的遙控器，坐上廿五年的老賓士，引擎發出厚實的聲音，安撫了內心的不安、煩躁，如同成功的改造了這輛車，他必然也能克服將面臨的處境。

車子開到三個街廓外的小巷子，停好車，走到大馬路，攔了一台計程車，到運動公園下車。星期三早上九點多，快步和晨跑的人不多，另有一小群老年人在露天劇場揮著薄如鐵皮般的長劍。他快速穿越，從另一頭走出，標的物便在對面的巷子內，那是一排三樓別墅的第二戶，正面寬約六米，除了鑄鐵雕花大門外就是兩個車位的車庫門。他四顧無人際按下袋中的遙控器，車庫開啟一半，迅速矮身閃進，果然車庫內空空如也，細聽屋內沒有任何動靜，和一個星期來他租車停放於巷內，車內監視器的顯示完全相同。這戶大門裝了電子鎖，但沒有安全鈕，他不慌不忙，戴上手套，用塑膠片及厚紙板一拉，輕鬆開啟。不理客廳金碧輝煌的裝飾和坐椅，直接上二樓，找到主臥，打開衣櫥，一個保險櫃躲在內側幾件長大衣的後方，看一下型號，這個比較複雜，而通常困難度和內容物成正比。他興奮起來，靜下心，貼臉細聽，手靈巧的轉動，花了七分鐘，連續三聲卡擦，他笑了，掏出特製T形的小鐵棍深入鑰匙孔，打開門，裡邊果然琳瑯滿目，壓住細看的欲望，取出尼龍袋，一股腦的撥進，瞬間掃得精光，心情愉快之餘小聲吹起口哨，這時三樓突然傳出蒼老的聲音，好像問：

「阿進……係你……」

他嚇得迅速下樓，奪門而出。

橫跨馬路，進入公園，找一處林蔭深處，把人工皮拉下，以濕紙巾擦拭臉龐，再取出小瓶髮膠，將頭髮往上梳起，脫掉眼鏡、手套，掛尼龍袋於頸間，使袋子垂到腹部，然後罩上一件極薄外套，將拉鍊打到頂，頃刻變成另一模樣，重新回到第一個入口前馬路，攔下計程車，順利返程。

「幸好有驚無險！」回到家中客廳，倒出尼龍袋內裝物，堆滿了半個桌面。一一檢視，有一對AP的男女機械錶，一個鑽石戒指，約3.5克拉，一個幾無瑕疵的紅寶，約十克拉，另外一堆金條，他拿起一條掂了掂，確定250公克。前幾日他拿以前的收穫去北部銀樓兌換，一條100公克給他16.5萬，那麼單單這些就值320萬，本來受驚的心情立刻被歡喜取代。再看剩下的：一串珍珠項鍊、一對寶石袖扣、一條翡翠項鍊，最底下是一個大牛皮袋，他的心跳加快，去年到手了一張發黃的不記名債券，現在安靜的躺在銀行保險箱內，這些莫非也是？立馬打開，紙張很新，低頭看，是借據，從五十萬到二仟萬不等，厚厚一疊，他瞿然一驚：

「莫非闖入地下錢莊老闆家？」

驀的背脊發涼，方才的快樂一下子跑得乾乾淨淨。他楞了許久後重新檢討今天行動的每個環節，再三確定沒有什麼破綻可尋，心情才慢慢平復。

面臨未來可能不利的果要預先埋下好的因。

他對自己說。

3.

他一件一件的把後續步驟做好：首先把金條和首飾放到銀行保險箱內，接著把借據上的手紋清除，跑去外地投入郵筒，物歸原主。昨天開車北上造訪幾家二手車賣場，碰到一個識貨的行家，賣得不錯的價格，最後四處尋看，終於找到一輛廿年兩門的保時捷，現在停在車庫內，兩者相比，賺了廿三萬，下來就是整修工程了。

用過膳，看完晨間新聞，他穿上修車廠的工作服到車庫，望著弧型流線的車體，喜悅充滿胸膛，比起上一台老賓士，這輛更有歐洲貴族的風味。他先發動，打開引擎蓋，重新檢查內部，當初購買時已知里程數只有四萬八千多，引擎運作良好，但是冷氣皮帶有問題，現在更確定，皮帶磨損過多，是該更換的時候，另外排氣管也老舊銹損，出現幾個小破洞。

「都是小毛病。」他想著，盤算下午開去汽車材料供應商那邊備料，回來動手更換。

關掉引擎，他去牆角夾板櫃拿Mercon V變速機油，徐徐倒入。此時門鈴響了，匆匆走去廚房的影像對講機前，螢幕上出現一男一女，女的轉頭和男人交談，看不清面貌。

「誰啊？」他問。

「是我，傅小姐和楊先生。」

因為靠得很近，只看到她的臉頰和豐潤的嘴唇。

「哦，請進。」他按一下前面鐵門的電動鈕，快步走到玄關大門，開啟迎接。

「怎麼有一股油味？」傅小姐進來皺起鼻子問。

他下意識的雙手往褲子擦：

「我在……換機油。」

傅小姐笑了，推他一把：

「去用肥皂洗掉吧，擦在褲子上，味道仍然留存著呀。」

楊先生一直沒出聲，等他從洗手間出來開口了：

「符先生都自己換機油？」

「是啊，以前學過。」他請訪客坐在客廳沙發上。

「兩位來蓬蓽生輝，有何賜教？」

傅小姐又笑了：

「你怎麼講話都這樣文謅謅的，是這樣子，我表弟，」她指著楊先生：

「他爸媽好得差不多了，想邀請你們全家去他家吃晚飯。」

「這個星期六可以嗎？」楊先生順著說。

他反正沒事，答應了。

「府上共幾人？」楊先生詢問。

「就我一個。」

「太太呢？」傅小姐張大眼睛，有點好奇。

「還沒找到。」

「原來是黃金單身漢。」楊先生未說完，被傅小姐以肘橫肋：

「跟你一樣，我們三人都是單身貴族，逍遙自在。」

「符先生從事什麼行業？」楊先生又問。

「自由業。」

「怎樣的自由業？」

「不過投資幾檔股票，另外做一些舊車整修買賣。」後者是他昨天處理完老賓士臨時起的主意。

「喔，我也有做股票。」楊先生興趣來了：「你都買哪些？」

「台積電、台達電、玉山銀行、鴻海……等。」

「不錯，都是績優股。」傅小姐點頭：「你覺得台積電未來走向如何？」

幸好最近瀏覽了一些股市名嘴的分析，立刻說了正反兩面的看法。

「是啦，我們做股票的常常面臨有利的和不利的因素並存，只看到一方違背現實，然而就算兩者都注意到，怎麼判斷未來的走勢才是真功夫。你認為台積電在一個月後是漲或跌？」傅小姐一點都不客氣給他出個難題。

他碰到一個挑剔的對手，給出的任何答案短期內立判對或錯，雖然各佔百分之五十的概率，他可不想冒險，於是故作大方聳聳肩：

「我無所謂漲或跌。反正當初買的時候先做過評估，確定基本面不錯，適合長期持有，除非有一天大漲後看到後繼乏力，才會將它賣出。」語調雖然輕鬆，其實內心虛的很，很怕換來一陣嘲笑。

沒料到楊先生十分贊同：

「高明，這才叫做手中有股票，心中無股價的最高境界，符先生，你和我同一國的，表姐，你一天到晚走短線，賺些蠅頭小利，像去年的聯電，你進出不下五次，結果賺的沒有比我多。」

傅小姐紅著臉辯道：

「反正姊閒著也無聊，多次進出來驗證自己的判斷，培養實力。」

他們又談了玉山銀行和其他，相談甚歡，告辭時彼此加line，楊先生問他的出生年。

「民國七十三。」

「哦，那屬鼠，機靈、行動敏捷。」

他內心突然一緊，好像被看穿了真正的本業。

「我民國七十七年，小你四歲，以後就叫你符大哥，我們星期六見。」

站在鐵門口望著兩位訪客的背影穿過小公園，藍天、樹蔭、草皮，他好像和這一切漸漸融為一體。眾生習慣以貌取人，其實所謂的貌，穿著、車子、談吐都算，但重中之重的卻首推住宅。他很確定花大錢搬到這裡，正是種下好因的起點。

多種下一些好種子
茂密的叢林指日可待
他樂觀的想。

4.

下來一天過得很充實。他買來排氣管和冷氣皮帶進行更換，至於外表的噴漆整容，還得添置設備來做太麻煩，索性牽去修車廠，需要留廠三天，傍晚在外頭吃飯走路回來，意外發現距離家十分鐘處有一間豪宅門口躺著一疊的派報未收著，玄關亮著一盞小燈。凌晨一點他再去探勘，依舊沒變，他直接下手，小有收穫，共計現金六萬多和一點珠寶，依過去的經驗，如果拿去變現大約值五十多萬，不無小補。

星期五早上十點半取車，看著煥然一新的外表，滿心歡喜，駕去百貨公司，車道管理員的雙眼牢牢追隨了好幾秒。走到男士名品樓層，進入Amani，店內的小姐仍認得他，熱心招呼。試穿一套藍色直條細紋西服，身子看起來比平常修長一些。

「很適合你呢，帥哥。」小姐鼓吹著：

「好像專為你量身訂做，只有褲子的長度需要調整。」

「能夠立即處理嗎？」他問。

「裁剪師下午才上班，明天這個時候交付好嗎？」

時間來得及。小姐又熱心推薦淺米色的休閒衣褲，想到傅小姐曾經穿的那套H牌，他重新進更衣室，這次鏡中人透出幾分瀟灑的公子哥味，他一併買下，付帳時十分心疼。

「這樣才符合住在高級住宅區的身分啊！」他安慰自己。

距離午餐還有一點時間，他搭電扶梯往下，停在女仕名店街，果然H門市部就陳列著傅小姐的那雙涼鞋，還有相似的服裝。此外隔壁C店櫥窗的模特兒穿著一套粉色洋裝，吸引他的注意。

「如果換成傅小姐穿上，一定婀娜多姿。」想著、想著，她臉上的雀斑和胸部、腰肢都浮上腦海。

這時肩膀被拍一下：

「小符，好事近了嗎？」

轉頭看，以前保養廠的同事老孟赫然站在後面。

「沒啦，純欣賞。你今天沒上班？」

「我請特休，陪老婆看電影，順便閒逛，你看，她就在那邊。」

順著老孟手指望去，一個長髮微胖的女人在F牌店內的玻璃櫃前，背對著他。

「你發財了？」老孟臉露羨慕。

「怎麼說？還是一般過日子。」他內心警惕起來，但回答時維持一貫的溫吞。

「看你的打扮不同以前呀，還有在這裡看這麼貴的衣服。」老孟臉往模特兒湊近：

「哇塞，這個要價八萬八千元。」嘴上連嘖好幾聲。

他笑了，推老孟一把：

「看又不必付錢，倒是你太太一副想買的樣子。」

「沒法子，我岳母後天生日，她堅持要來買一條圍巾孝敬她媽媽。」老孟有些無奈，

不過一秒後又興緻高昂：

「你一定有好康的，教教兄弟吧！」

「呸，什麼時候和你變成兄弟了？」他心裡嘀咕著，一心一意想要擺脫。

「好，我教你。」他靠近老孟耳朵，壓低聲音：

「叫你爸爸把家裏的一塊地賣掉就有了。」

「可是我爸爸沒有土地呀。」老孟楞楞的說。

「那我也沒法子。」他轉身：

「我有事先走了，bye—bye！」

星期六傍晚出門前對著窗戶左顧右盼，自我肯定可算風度翩翩，雖然額頭偏低，也沒有一個富爸爸，美中不足，不過這不就是人生嗎？完美不存在於現實。

穿過公園，踏著宛如厚地毯般的草坪，心情豁然開朗。楊家的鐵門有三米高，鐵條上嵌著兩個金屬盤，右邊上有金龍，左邊上為金鳳，以前走在馬路上經過不敢詳看，現在得以細細品味。龍鳳應為模鑄，手工精巧，栩栩如生。

按下對講機，鐵門應聲解鎖，前庭花草茂密，維護得甚佳，大約七公尺長的步道兩旁種著開白花的灌木。左腳才踏上第一個階梯時，大門倏的開啟，楊先生和傅小姐雙雙堆滿笑容，站在玄關處。楊府客廳寬敞，在一套紅檜木坐椅旁立了一尊真人大小的日本武士像，吸引住他的眼光，心裡尋思，這應該值很多錢。

這時傳來：

「阿義，係人客來啊？」

「系咧，阿爸。」楊先生回答。

他往發聲處瞧，左邊圓形餐桌上坐著兩對夫婦，一對正是見過面的傅家雙親，另一對可想而知，必是這棟房子的主人。

「來，來，請伊來家坐。」方臉的老先生對他們招手：

「既然人客來啊，去請阿桑出菜。」

阿義對他耳語：

「我爸很怕餓。」

他被傅小姐帶到楊老先生旁坐下，阿義緊鄰著。

「京多謝你提供錄影帶，嘸你就抓不到那兩個壞人。」楊老先生操著台語對他說。

「阿爸，現在嘸人用錄影帶，應該是USB啦。」阿義糾正他父親。

「蝦米是USB？」

「阿伯，係一種隨身碟。」他插嘴。

「蝦米係隨身碟？」楊老依然不解。

「阿爸，就是把畫面存入到裡面的記憶體啦。」阿義再度解釋。

「記憶體？！」楊老好像弄懂了。

「你ㄟ做响？」楊老轉頭問。

他把自由業那套搬出來。說時阿桑開始上頭盤，有碗豆、燒鵝、辣味小黃瓜、和醃豬肉等四種小菜。他注意到桌上仍空著一副碗筷。

「來，菜出來趁熱吃。」楊老率先挾了一些，楊老太太把中間小圓盤迴轉至傅老夫婦，下來依序到他前方、傅小姐和阿義，最後才是她自己，楊老太太長臉、線條柔和，與阿義和傅老太太都有幾分神似。

席間傅老告訴他們家也裝了監看系統，現在從電視和電腦隨時可以觀看四周狀況。

「我感到安心許多，廠商用的是panasonic的鏡頭，你覺得好嗎？」傅老問。

「阿伯，panasonic品質不錯，千萬不要用大疆製造的。」他回答。

「大疆？」傅老疑惑。

「姨丈，大疆是大陸產品，他們可能在產品內暗藏機關，把你攝錄的東西傳回中國。」阿義解釋。

「那豈不是被他們看光光？」傅老咋舌。

菜陸續上桌。他們從大陸的全民監看談到新疆百姓改造、清零政策跟最近的廿大。當第五道干貝雞湯上桌，從玄關走來一人，他沒正面碰過，但一下子便認出來，這個人住在他的側後邊，常出現在他的螢幕上，是一直想造訪的對象。

這個人走到餐桌剩下的空位坐下。

「阿昆，嘸生嘴喔。」楊老聲音嚴厲。

「阿爸、阿母、姨丈、阿姨、小貞。」阿昆的四方臉面無表情，敷衍招呼著。

「鴨吾人客。」楊老指著他。

阿昆對他點頭，眼光冷冷的如一隻匕首望過來，令人感到不快。本來他猜測這個鄰居從事八大行業，今天打了照面，對方散發出濃濃的江湖大哥味，更加肯定。而楊老，同樣的臉有稜角、同樣的小眼睛、同樣的薄嘴唇，兩人僅有年齡大小之別。

眾人的聊天轉移至美食上，這個話題他插不上嘴，進來時一個模糊的疑點漸漸浮上心頭：既然有鐵門與對講機，為何他們會放兩個黑衣人進來搶劫？

「符先生，你喜歡吃什麼？」傅小姐見他沉默，於談話間歇時問。

他楞住了，這一生對吃不講究，沒上過真正頂級餐廳，沉思須臾，想到小時候和爸爸去北港：

「我比較喜歡古早味，譬如北港的魠魠魚焿，嗯……還有朝天宮前的粳粽冰。」

「粳粽做冰？」傅小姐眼睛睜得好大：

「吃起來什麼滋味？」

「冰凍過的粳粽吃起來更滑潤也更有嚼勁，也可以摻加其他配料，如珍珠、芋圓、紅豆、鳳梨……等。」

「好特別，真想嚐一嚐。」傅小姐充滿興趣。

阿義把話題重新拉回米其林大菜上，細數完本市的幾家星級，當他們吃完最後一道清蒸鱸魚，楊老先生請大家移駕到客廳沙發上。阿嫂送來水果，阿昆沒吃：

「阿爸，我代誌卡多，先離開。」

「新店做尬安怎？」

阿昆邊走邊答：

「近了，下星期六開張。」

他問阿義：

「是什麼店？」

阿義裝做沒聽到。其他人也沒講。

楊氏雙老用過水果對大家說：

「恁倒倒啊共，阮去樓頂。」

傅氏雙老見狀跟著：

「那我們也走了，純粹你們年輕人比較好聊。」

傅小姐笑著對他說：

「他們都在追劇，晚飯後一定向電視機報到。」

他想到在故鄉的雙親，那也是他們必修的功課。三個人繼續天南地北，到十點半，可談的都談得差不多，他起身告辭，傅小姐陪著一起離開，走出楊家大門，對他說：

「我姨丈在經營帕青哥電玩。」

果然，被他猜到了，本想問，妳家呢？但忍下來。

「哪天有空，你當嚮導，我們去北港吃小吃。」傅小姐提議。

他感到驚喜，連忙應好：

「妳何時方便？」

「就……下星期六好嗎？如果可以，我們幾點出發？」

他盤算一下：

「早上十點，妳以為呢？」

傅小姐笑得開心：

「OK，太早我可爬不起來，那天準時走過來找你。」

回去梳洗完躺在床上，興奮得無法闔眼，想到最初和傅小姐在公園的巧遇和領取榮譽區民時的交談，甚至揣測兩人未來的可能性。不久，剛剛阿昆冷酷的表情跳出來。這個鄰居矮小精悍，宛如楊老爺子的翻版，而今晚對他的態度，不只無視，幾近於輕蔑。

「我一定要送你一個大禮！」

他翻身而起，打開監視錄像，從清晨看起。一樣，一大早，兩台車護送著賓士進入車庫後再離去。下午二點，賓士駛出，他拉近影像，沒錯，駕駛就是阿昆，他轉而點至大門的防盜系統，有趣，沒設定，顯示著綠燈。下午五點阿昆返回，到5:36，等等，怎麼二樓窗戶有奇怪的人影？放大一看，是個全裸的女子打開窗戶試圖揮手，但瞬間有人從後方掩住她的嘴巴，將她壓低拉向後方，隨即關上，至七點，阿昆走出門。

「這個傢伙說他今天很忙，所以延遲來吃飯，原來是忙著幹齷齪的勾當！」

他倒帶去確定，平日清晨，阿昆何時出門？嗯，差不多在五點到五點一刻之間，何時回家？落在六點半左右，主意已定，他把鬧鐘設定在四點半，上床強迫自己入睡。

「你對我種下惡因，嚐下惡果的機會到了。」他看著天花板對阿昆說。

5.

他被鬧鐘聲吵醒，睡意仍濃，不過想到下個小時內會面臨的風險，驀地清醒起來。坐在電腦桌前調閱錄影存檔，從昨夜上床時分查到方才，無人進出。

「就等阿昆起程了。」

他進浴室，拿出兩片新做的人工皮，對著鏡子開始化粧，每一道手續都不能馬虎，花了卅分鐘，大功告成。鏡子內反映出一個蒼白、胖臉的中年人。穿上寬鬆的衣服，回到螢幕前，沒多久，阿昆開車離家，把大門放影像拉近放大，保全系統保持著綠燈。他一則喜，一則憂。喜的是少了時間的限制，憂的是，屋內應該有人，而這個人肯定是昨天傍晚出現在窗邊的女郎。他回頭查一遍，沒錯，這段時間只有阿昆進出，不見其他，除非阿昆將女人平躺安置在車的後座。

「怎麼辦？去或不去？」

反覆斟酌，他對自己說：

「區區一個小女子，男子漢怕什麼！」

打開衣櫥，從內側取出從網站買來的電擊棒，小支，方便繫在褲旁，不過使用起來電力超強。帶著另一套衣物上車，雙手戴上手套，駕車出發，停於和大馬路平行的巷內，徒步八分鐘至標的物，打開庭園的矮鐵門，直奔屋子入口，花了一分半鐘打開三段鎖，全棟靜悄悄，尋視一下，一樓沒臥室，也沒任何置物櫃，上了樓梯，有三個臥室，僅有一間是雙扇門，上頭有鑰匙孔。

「那便是此行的目的地了。」

他握住把手，轉不動，不禁微笑：

「那女人不在裡邊。」

拿出萬能匙打開，驚住了，床上不正蜷縮著一位裸女嗎？

「退出？」才想著，女人發出鼾聲，他的腳步重新向前，進入更衣室，果不其然，裡面設置了整排的鐵櫃，鎖匙極簡易，打開一個，擺滿了密密麻麻整排的鈔票。剎那，他後悔，怎麼不多帶一個吊囊來。不慌不忙，將吊囊掏出，沒三分鐘就裝滿了。沒法子，在兩邊口袋又塞了一些，依依不捨的移開腳步，臨行時忘了關鐵櫃門，不小心碰到發出好大的響聲，回到臥室，女人醒了，睜著無神的雙眼望過來。他緊張的把電擊棒握在手中。

「你……是……誰？」女人微微撐起上半身，才講完，立刻癱平在床上：

「救……救……我……」聲音微弱。

繃緊的心頓時放下：

「這是一個被折磨到沒力氣的可憐蟲。」下意識的望向窗戶，上面都加了上鎖的鐵窗。昨天她探身窗戶揮手，現在想起來可能是試圖求救，他愛莫能助。靈機一動拿出手機，連拍女人、窗戶及臥室的門，隨後揚長而去。離開阿昆府上，迂迴繞路進入車內，發動駛到附近山下停車場角落，卸下人造皮，換了裝，趁著無人經過，打開行李廂，將那吊囊和口袋中的鈔票藏在隔板下方的備胎處，安置妥當，他在車旁做著暖身操。不久一台車停在他旁邊，兩對夫婦走出來，他和他們打招呼簡單寒喧後，跟隨他們的腳步上山。走了四十分鐘在山腰處，有一攤早餐舖，他坐下來喝熱豆漿，啃著燒餅油條，也咀嚼在阿昆主臥室那一幕。

「合理的猜測，女人被餵毒並多次性侵。」

他匆匆吃完趕下山，開車回家，到電腦桌前，把手機和電腦連線，在等印表機吐出照片的時候，打開電視，一看，楞住了。螢幕上正播著一個一絲不掛的女子在街道上閒逛，招來路人側目報警，該女子身上打了許多的馬賽克。

電視主播接著說明：

「這個女子清醒後告訴警方，她在一個朋友派對上認識一位楊先生，之後有一天被邀請到他家晚餐，然後就被囚禁起來，遭到多次的性侵，這是一起嚴重的社會案件，本台將持續追蹤報導。」女主播以罕見嚴肅的口氣結尾。

他把計畫寄去警局的照片撕成碎片，並將螢幕轉向阿昆家，赫然發現一輛警車停在門口，兩個警員正陪著阿昆從屋內走出來，進入警車內。看到這裡，貪念隨之而起：

「要不要再冒一次險？」

欲望和理智交戰，理智贏了。

「好可惜！」他對著畫面嘆息，換了衣服，數了戰利品，共280萬，不賴的豐收，安置好回到原處，螢幕上又有動靜，兩輛車來到屋前，車型和顏色如同清晨的那兩台護衛，每台車子走出三人，分別是阿義與兩個黑衣男及楊老跟另外兩個黑衣男。

「幸好沒做出錯誤的決定，否則將碰個正著。」

他耐心等著，半小時候兩組黑衣男先後先後搬一個長形布袋出來，各自放在兩台車的行李廂內，接著入內各扛一個大紙箱置於後座，他知道這裡面裝的是什麼東西，滿櫃紙鈔的圖面浮上腦海。

「罷了！罷了！」長噓一聲，關掉電腦，鬱悶了老半天，最後想到今天起碼撈了不少油水，終於又高興起來，繼之又想，因為自己的拜訪導至那女子脫困，也令阿昆那個大壞

蛋吃上官司，與上次提供監視的USB相比，

「這次更應該再頒個榮譽區民的勳章給我！」

他自顧自的笑起來。

6.

傅小姐依約來按對講機，阿義沒跟來，她一坐上老porsche，讚不絕口，纖手撫著前座的核桃木面板，喃喃低語：

「這才有古典的風味啊！全部的改裝都是你親手親為？」她轉頭問道。

「只有部分，譬如外表的噴漆，雖然不難，但家裡設備不夠，只好委外。」他實話實說。

「那已經很厲害了。願意告訴我花多少錢買嗎？」

「五十六萬。」

「另外花多少錢整修？」

「十三萬。」

「很值得。這可能是稀有物呢。」她邊說邊點頭：

「我不要稱呼你符先生，可以叫你的名字嗎？」

「我爸媽都叫我阿龍，龍鳳的龍。」

「不是恐龍的龍嗎？開玩笑啦，那麼我叫你龍哥，你就叫我小貞，貞潔的貞，這樣才不會顯得生疏。」

車子駛上國道一號。小貞談起她小時候家住龍井，她父親土木系畢業，在營造廠做到工地主任後把祖傳的土地賣掉，開始在鄉下蓋一些透天厝，讀初中時全家搬來台中。

「妳的家境富裕，一定羨煞一些同學。」他小時候雖不愁吃穿，但看著同學的遊戲機和 BB call，渴望而不可得。

「這是真的，我媽愛逛名品店，所以我的穿著和用品都比朋友好。不過也因此惹得幾個同學產生嫉妒……」小貞沒說下去，他微側臉，只見她眉頭微皺，似乎引起不好的回憶，他沒問，誰沒有不愉快的過去？他也曾經被功課好的同學排斥、取笑，最後憑著自己的巧手組裝，創造一些小玩意贏得部分的好感，尤其鄰桌的阿曾開始借漫畫和小說來交換，造就了閱讀的習慣。

小貞陸續講她的求學過程，從私立女中到大學唸觀光科。

「妳有開旅行社嗎？」

「沒有，畢業後去一家旅行社上過班，帶過一次日本團，在那次旅遊中發覺我不是那塊料就辭職了。」

他在心裡頭笑出來：

「大小姐，妳只欠被服侍，哪能奉待別人？」

小貞看到他上揚的嘴角，搥他一拳，繼續：

「爸爸看我閒著無事，蓋了一棟旅館讓我管理，不料完成不久便碰上疫情，住宿率下跌至個位數，爸爸不願意改為防疫旅館，所以我又接近失業狀態了。」她吐舌笑著，露出小女孩式的天真。

他不想話題轉向自己，便搬出一連串的問題，從旅館地點、房間數、房間大小、配備、裝潢風格……等逐一詢問，到後來小貞煩了，嘟起嘴唇：

「你真的很會追根究底，喂，你住過許多飯店嗎？」

「沒有。」他坦誠：

「我只是喜歡看一些相關的雜誌。最近在思考，也許過幾年興建一棟民宿，過著與世無爭的生活。」這不假，他有意金盆洗手後藉此來穩定日常收入來源。

「真的？」小貞的手搭上他的臂膀：

「那我們變成同行了。」語調興奮：

「如果蓋民宿，你會選擇蓋在哪裡？」

「當然以雲林優先考量，雲林有許多不錯的景點。」他從「雲嶺之丘」、「華山小天梯」慢慢陳述，如數家珍，到「成龍濕地」時，車子出了民雄交流道換成164縣道，第五個景點還沒講完，朝天宮映在眼前。

他們繞一圈找車位，停於三個街廓外，下車，經過兩旁成排的店面和熙來攘往的人群走到廟前，小貞對三層疊落的屋簷上佈滿的交趾陶雕讚不絕口。廟的進口處矗立著比人大的千里眼和順風耳兄弟，以布編織而成，親切可愛，她緊靠在旁，要他拍照。

因為年代久遠兼香火鼎盛，正殿的樑、天花板暨所有神像都被薰得漆黑，反倒形成另一種肅穆的莊嚴。正當他們拿香祭拜之際，吊掛在左上方的鐘響起，接著右上方的鼓自動撞擊，他有些納悶，不是晨鐘暮鼓嗎？將香插至爐中，跑去問收捐獻金的櫃台，對方說因為有外地神明來拜訪的緣故，敲鐘打鼓以示歡迎。

「進廟了嗎？」他沒看到。

「在路上，快了。」對方回答。

他告訴小貞這個好消息，她沒見過，迫不及待。兩人快速到各個副殿走一遭，他來了許多次，這回才注意到主殿後方的觀音殿內，觀音的左右邊都擺了天上聖母的雕像，標明了師徒關係，而兩側櫥窗內陳列了許多羅漢，其中也有梁武帝，令他稱奇。

走出廟外，廟前道路鋪滿了像蜘蛛網的紅色鞭炮，一團又一團，直至遠處，依他過去的經驗，這還得等一段時間。他向廟口擺攤的殘障人士買了十張百元的刮刮樂。

「走，我們找一個觀看的好地點。」

領著小貞沿路走，接近地面鞭炮的盡頭就是出名的「日興堂」餅鋪，他們落腳此處，平分了刮刮樂，兩人掏出硬幣站在騎樓對著牆壁猛刮，結果他中了八百元，小貞也有六百元，她樂得手舞足蹈：

「我已經很久沒中獎了。」

「我們買餅慶祝去。」他提議。

排了十分鐘隊，各自拿一斤的狀元餅，充當回家的伴手禮。走出店門，已有一支戴著斗笠，穿灰色中山裝的隊伍，大約十來人帶著北管、鑼、鼓在道路中間等候。過不久另一支小隊簇擁著一頂小轎也出現了，前頭有人橫舉著一條長幡，寫著「ｘｘ府將軍千歲」，他沒聽過。這時前隊一人越眾而出，背著小型瓦斯桶，手中握著長條噴嘴，腳穿高筒塑膠鞋，走到第一串蜘蛛網前。

「快放了！快放了！」

有人喊著，大家紛紛掩住耳朵，突然下一秒震耳鞭炮聲劈哩啪啦響起，濃濃白煙密佈，樂隊起動，神轎開始搖擺蛇行，好不熱鬧，約莫廿五分鐘，連續的鞭炮聲終結在廟前廣場處。

他帶小貞去一家數十年的老店嚐鴨肉飯，叫了六盤菜，結帳才七百多元。之後去吃「粳粽冰」，加了仙草、綠豆、芋圓，五十元一盤，味道Q棉可口。她邊吃邊點頭，吃完找了彩券攤，兌換獎金。

小貞統計午餐和甜點，九百元有找。她笑著說：

「太便宜了，真該搬來這裡居住。」

他想回答，「妳捨得台中的方便和妳的產業嗎？」不過忍住了。之後小貞問：

「哪裡有好咖啡喝？」

他也不知，上網查，在斗六舊社區有一處改造過的「雲中街生活部落」，風評OK，而且就在回去的路途上，她沒反對。

這個號稱文創的部落其實規模很小，由幾間日式老房子組成，裡面開著數家手工藝品和食品店，遊客不多。他們選了大馬路旁的「凹凸咖啡」坐下，有前後院，室內不高，木地板斑駁，陳列一些舊矮桌椅和古董電風扇。

他們選擇坐在窗邊。

「喂，你說，這間為何取名凹凸？」她出考題。

他想一下：

「應該是東西好吃，客人凹著肚子進來，凸著肚子走出。」

「是嗎？」她離座去問，笑著回來：

「老闆娘說人生有高低起伏，因而命名，人家比你有學問多了。」

他虛心受教。

小貞望著後面的大片綠意，全身透出鬆懈愉快，過一陣子，低頭不知在想什麼，然後抬頭：

「我們回去吧，換我帶你去看一個地方。」

「在哪裡？」

「抵達台中時我跟你講怎麼走。」

回到車上聊了半個鐘頭，小貞眼睛瞇起來。他打開音響，調出音樂，聲音壓得很低，心裡和著曲子，突然一份重量靠在右側的肩膀，同時聞到香味，他斜視，小貞的長髮遮住他三分之一的上身，領口呈現一個三角形的窟窿，雙峰和黑色的胸罩清楚可見。

他已經好久沒去熟識的按摩店解套了，最近都DIY，當下心旌動搖，勉強攝住神智，強迫自己專注在前面的道路。可是每隔十幾分鐘又忍不住瞄一眼，腦袋瓜內自動上演種種的情節。

幸好行車無礙，快到台中時他搖醒小貞，她指揮下五權西路交流道，右轉、直走，再左轉、向右，來到舊市區內一棟新建不久的高樓前面，上頭懸掛著「悅心公館」。

小貞叫他走車道，從皮包內拿出遙控器，柵欄開啟，他們停在地下一樓保留的車位，裡邊空蕩，車輛寥寥無幾。進入電梯，直奔頂樓，打開1301房大門，佈置雅緻，除了客廳、小吧台、小廚房、書桌，當然還有大床，旁邊一扇門，應該是浴廁。

「這是我的專屬房間。有時我不回家就住這裡，喜歡什麼飲料？威士忌？」她走向吧台。

「不，我喜歡礦泉水。」

兩人持杯，小貞跟他講解「悅心公館」，總共72個房間，分成6坪、12坪和20坪三種，比例大約小坪數50％，中坪數40％，大坪數10％。

「我們這間就是大坪數，裝潢全棟一致，都像這樣，現代簡單風格，你覺得如何？」

他連忙稱讚，還在苦思說點什麼來顯示自己有見識，小貞一口把酒乾掉，走向床，坐在邊沿，把上衣鈕扣解開，對他說：

「我累了，想休息一會兒，你也來嗎？」

他的雙眼盯著那誘人的胸部，嘴唇乾澀，粗聲回應：

「好。」

立馬把衣服褪掉，撲身而上，幾番翻雲覆雨，雙雙累極，相擁而眠，不知過了多久，他被飢腸喚醒，發現小貞趴著在看他：

「餓了吧？我帶你去吃東西。」

穿衣服時小貞拋來一句話：

「我覺得我們兩人很合，你認為呢？」

他高興回答：

「我也覺得。」

當雙方的因一致時，果便孕育而成。

7.

雖然如此，過了三天，小貞毫無訊息，打電話去沒接，也沒回。而鄰居阿昆重新出現在他的螢幕上，照樣每天清晨出去，再被兩輛車護送回來。看到阿昆安然無恙，一時之間憤慨與訝異雜陳，細思後訝異平息了。

「金錢至上啊，應該是以金錢擺平各方吧！」

至於憤慨，他聳聳肩：

「也許和受害者緣起於性交易，只不過阿昆做得太離譜了。」

「金錢的確可以使鬼推磨」，他邊想邊點頭，阿昆屋內的鐵櫃慢慢的在堆積中，這些錢在熱情的對他招手著。

「第二次造訪？」

內心蠢蠢欲動，沒幾分鐘打消了念頭，阿昆既然和被囚禁的女人達成和解，必然知道屋子被人闖入，那麼為什麼仍舊把錢送到原處？

「陷阱？」

可能，然後另一個想法使他不寒而慄，阿昆也許懷疑被監看著，他慢動作的打開窗戶審查，自己裝在外頭窗邊的鏡頭小又隱密，不易被發現。但是……

「如果已被鎖定，而對方正在窺探呢？」

立刻想動手拔除，但克制住了。

「等傍晚阿昆出門後再清除。」

他先把桌上的電腦、螢幕及相關設備全收起來，放進貯藏室。吃過早餐，拿出平板電腦，叫出股票行情，對照手中的幾檔股票，自己的預測只有一檔準確，心中頗為失落。

「看來要靠這招養活下半輩子，機會不大。」

饒是如此，他依然埋首其中，弄得頭昏腦脹。中午驅車外出，進去一家筒仔米糕店裹腹，之後到特力屋購買小條的填縫劑，回家時經過上次眷顧的人家，他泊車在遠處，下來徒步閒逛，勘察另一個未來造訪的目標。走了半小時，有些尿急，折返至大馬路，舉目所見沒有加油站或咖啡屋，只有一家花店。他去問老闆：

「可以先借用洗手間再買花嗎？」

得到許可，如廁出來看中一盆開著白色中間帶著黃點的花。

「這是什麼？」他請教。

「杭菊，它的花期剩下兩個禮拜左右。不過可以將凋謝的花曬乾做成菊花乾來泡茶，味道佳，對身體也有益喔。」老闆解說詳細。

價格不貴，他付了錢，此時一個熟悉的身影走進店內，是小貞，臉色蒼白，看到他有點驚訝：

「你常來買花？」

他坦白說沒有，這是第一次，因為訪友路過看到。

「你喜歡花？」她又問。

不好意思告訴跑來這邊的真正原因，他點頭，眼角觸及進口處的冷藏櫃內放著許多新鮮的玫瑰花，他走過去打開，挑選一束含苞待放的黑玫瑰，結帳完遞給小貞：

「這個適合妳。」

她眼珠流轉，好像有些感動。他捧著花盆走出店外，小貞追出來小聲問：

「這幾天有空嗎？」

「有。」心臟突然跳得厲害。

「我們再連絡。」她說。

那天整個下午都飄飄然，前次纏綿的景色不時浮上腦海，讓他感到難以忍受，幾乎想自慰一番。好不容易捱到晚餐過後，估量阿昆已出遠門，他打開臥室窗戶，拿著工具探手把室外監視鏡頭拔除，再將買來的填縫劑抹上，用力壓平。

「這樣子便不著痕跡。」看著手中的鏡頭：

「我會找適當時機讓你重出江湖，不然太浪費了。」

洗完手到客廳，門鈴響起，他看對講機上的螢幕，是小貞，心中大喜，立即去迎接。

「在家裡閒著無聊，乾脆來找你。」她微笑著：

「你在幹什麼？」

「正想看電視。」他回。

「看什麼？」

「捍衛戰士1，好嗎？」

「贊成，我也想複習。」

兩人坐在沙發上，心不在焉，有一搭沒一搭的聊著，過一陣子，小貞挪身靠近，他順勢右手搭她的肩，沒被拒絕。

又一會兒，她問：

「可以參觀你的臥室嗎？」

他的褲襠迅速隆起。才走進房間，小貞驟然用力將他推倒在床上，大步跨在他身上，伸手解開他上衣的鈕扣，那晚小貞非常狂野，把兩人搞得筋疲力盡。

第二天醒來，床的另一側沒有倩影，他以為小貞回家了。不，樓下傳來一些動靜。他簡單刷牙漱口，到餐廳，小貞穿著他的襯衫，翹著白皙、修長的腿在吃吐司、喝咖啡。

「早，我肚子餓了。」她笑著說。

「早，想吃荷包蛋嗎？」他問。

「想呀。」

「幾個？」

「兩個。」

他先熱鍋，然後去冰箱取出三個蛋，倒入一點沙拉油，沒幾分鐘先把兩個荷包蛋送去她面前，附上刀叉，自己保留一個。

「沒想到你這麼能幹。」她站起來親他的臉頰，所穿襯衫口大開，胸前兩粒清楚可見，他不免又心猿意馬起來，遏住綺念，給自己也弄了咖啡和烤土司，坐在小貞對面，她已吃完，問，誰來清潔這個屋子，誰洗衣服……。

「我。」我不像你是大小姐啊，他想。

她豎起大姆指：

「你今天有何行程？」

「本來計畫去找適合改造的車子。」

「我陪你去好嗎？」

他求之不得。

「那麼我回家換衣服，一個小時後你來接我。」

他們光顧了幾家高級的二手車賣場，找不到中意的，正午吃了鐵板燒後到小貞家的飯店視察，她把主管都召來詢問，超過一半被她板起臉大聲訓示。處理完兩人坐在咖啡廳角落喝下午茶。

「好像很費心神。」他說。其實想講，依過去在職場的經驗，上司態度太嚴厲，常常沒有好效果。

「是啊，十分厭煩，真想不幹了，又怕對我爸不能交待。」小貞淺啜咖啡，無奈的轉頭向窗外，玻璃映出兩人上半身。

「不如……」她看過來：

「不如你來幫我。」

他驚呆了，不曉得怎麼回應。

「反正你閒閒的，又想經營民宿，可以藉這個機會來此磨練。」

可是他毫無經驗，並且怕被看破手腳，還有一大堆的顧忌……。

沉默許久，小貞伸手蓋住他的：

「如果你想和我來往，你需要有像樣的頭銜。」

他很受傷，垂下頭。

「你同意的話，過兩天我搬去你那邊。」她又說。

既然承諾到這個地步，他終於點頭。

8.

第二天小貞就兌現了諾言，當晚兩人天雷地火完，一覺到天明。下來她幾乎每隔一天便主動挑逗，起初他欣然呼應，十天後他受不了，要求減少次數。

「這樣下去如同做功課般，令人喪失了興緻。」他坦白告訴，只是隱藏了體力不堪負荷的事實。

小貞聽了不語，面容呆滯。隔天起床，發覺她躺著睜大眼睛盯著天花板。

「想什麼？」他問。

「沒什麼，只是睡不著。」

「有煩惱？」

她蒼白的微笑：

「我一向有失眠的毛病。」

「等一下可有精神上班嗎？要不要在家裡多休息？」

「也好，我待會兒吞顆安眠藥，你自己去吧。」

駛入地下室停在專屬的車位，坐上電梯，才走出，眼尖的櫃台小姐看到他，立刻大聲說：

「副總早！」

他回道：

「曾小姐早！」

今天是他就任的第三天，前一個禮拜他和小貞上台北，先後住了三家最高級的飯店，觀察、取經，頗有斬獲，特別有一回在午餐時，聽到服務生恭敬的稱呼隔壁桌的單獨客為協理，他走過去，自我介紹，希望給予經營旅館的指點。

對方年紀五十出頭，態度和藹：

「我們是服務業，乾淨、清潔和服務親切是必須的，至於每間旅館的定位不同，這要你自己去思考。」講完加一句：

「說不定你們飯店的同事能給出不錯的建議，畢竟他們最瞭解住過客人的想法與要求。」

這番話給他一個方向。他把主管們叫到會議室：

「疫情已經漸漸過去，許多同業生意大好，惟獨我們只是稍有起色。大家來集思廣益，想想有什麼方法來改善？」沒當過主管的他慢慢的說，目光輪流看在座的其他人，內心其實有些慌亂。

業務推廣的陳經理第一個開口：

「副總，不是我在長他人志氣滅自己威風，那些業績火紅的旅館全部位於出名的風景區內或附近。」

他有做一些研究：

「沒錯，但相較於市區的一些同業，我們仍有一段距離。」

「他們的地點也勝於我們，我們的是在舊市區，而這一帶，我們的表現算不錯的。」

陳經理繼續辯駁。

這個情景讓他回想當年在修車廠工作時，廠長為了一個客戶的申訴和他們組長對話，組長壓力很大，一直找各種理由強調這種事很難避免，即使在別家修車廠也經常發生，那時廠長回一句：

「我完全沒有責怪你的意思，真的，一點也沒有，我只是想和你研究怎樣把概率降低。」氣氛立刻緩和。

他仿效了這招，原本要跟陳經理指出，舊市區內的旅館我們的旅館最新，不過，吞了進去。他說：

「陳經理，我明白我們的劣勢，我絲毫沒有責怪你的意思，我不過想探討突破的方案。」他的語氣肯定，果然陳經理的神態鬆懈下來。

「副總，我可以講一下嗎？」客服部的吳大姐提。

「歡迎，我就是要請教各位。」

「我在這裡上班兩年多，綜合客人的反應，大約有兩點：

1. 我們放在房間內的三合一咖啡包，客人覺得不健康，不知道可以改成膠囊式咖啡機或掛耳式沖泡袋嗎？

2. 我們房間較大，收費也較高，是不是可以提供新鮮的水果盤給客人，讓他們感到一點尊榮？」

前幾天去台北住宿，享受了同樣的待遇，當下同意：

「應該沒問題，我和總經理商量。」

「謝謝妳！」他誠摯的加一句。

也許看到同事受到鼓勵，櫃台黃經理也發言：

「一些網路上訂房的客戶來check in時，常會帶點失望說，不知道你們周圍環境是這個樣子，我囑咐同事，聽到這種反應應該要回答，這裡才有傳統的氛圍，而且我們的房間較大也較舒適。」

「很好。」他輕輕鼓掌。

「我以為，如果我們可以提供多一點的服務來彌補地點的缺點，說不定客人會更加願意前來。」黃經理繼續。

談到重點了，他馬上問：

「黃經理有什麼構想？」

「提供接送，不管旅客坐鐵路或高鐵。還有事先代訂台中米其林或必比登餐廳和國家歌劇院。」

沉默一陣子的業務陳經理率先表示贊同：

「這個主意不錯，值得嘗試。嗯……，我們可以……」這個以字拖了幾秒：

「打出『專屬管家尊榮服務』的廣告，把接送、代訂餐館、歌劇院、代購地方名產……，當成管家服務範圍。」

他的眼睛為之一亮：

「這個口號響亮，我喜歡，所以所謂的『專屬管家』並非一對一，而是成立一個平台，對嗎？」

「副總英明，一點就透。」陳經理討好的說。

他笑了：

「謝了，你們看，我們把專屬管家服務範圍加上提供一天市內旅遊，一天郊區旅遊及兩天一夜的旅程推薦如何？我們可以找旅行社合作。」他把原本籌劃民宿的搭配措施拿出來，沒想到在座一致叫好，他們再討論誰去接送客人的問題，最後決定建議公司買一輛七人座的公務車，聘請專人負責，忙不過來時便找Uber配合。

當天收穫滿滿，大家一起用完午餐，離開時餐飲部主管吳大姐走在他身邊小聲說：

「副總，你帶來不錯的氛圍，謝謝！」

頓時，他彷彿找到了失散多年的歸宿。

小貞全盤接受，公司氣勢大振，一個半月後住宿率衝上五成，三個月後達到六成半，損益兩平。他開始和小貞及會計經理研擬分紅獎勵制度，另一方面，他和小貞之間的熱情減退，親情上升，她缺點一堆，不下廚房，不料理家務，他無所謂，回家後捲起袖子做簡單的菜餚，累了叫外食送來或去餐廳，清潔、洗衣則自掏腰包，請旅館服務生兼差。她的失眠問題也漸漸克服，從每天一顆安眠藥減為半顆，半年後幾乎戒掉，偶爾才吃。另外她極度怕黑，上床時需要他陪伴，睡覺時也常拉住他的手，與她平日出外時表現出來的自信、甚至有些霸道截然不同，還有，她很會做噩夢，半夜常大幅度擺動手腳，似乎和別人在拉扯中，口中也發出含糊的呃呃聲，碰到這種情況，他便攬她過來，這招有效，不久就安靜下來，有一次夜裡他清楚的聽到她喊的字眼是「不要……不要……」。

第二天醒來他問：

「昨晚你夢裡喊『不要，不要』，你夢見什麼，不要什麼？」

她楞一下，口給道：

「真……真……的，我……喊……喊不……要？」

他肯定：

「妳到底夢見什麼？」

小貞神情恢復，笑著反問：

「醒來便不記得了，夢這回事不必當真，你會記住做過的夢嗎？」

這倒是，他回答：

「極少。即使記得也是一點片斷而已。」

「那就對了，我也一樣，你看，我們早上去吃豆漿、燒餅油條好嗎？我膩了蛋和土司。」她岔開話題，對他撒嬌。

「好、好，大小姐。我們梳洗後便去。」

「事出必有因，總有一天會將原因弄個水落石出。」才這樣想，「不過，我也有自己的秘密，何必赤裸裸的看透她呢。」他又覺得這件事沒那麼重要了。

9.

隨著小貞對自己越來越依賴及悅心公館的盈餘浮現，他想向小貞求婚的念頭漸漸強烈，除了喜愛與她魚水之歡和習慣有她陪伴之外，這更是這生所遇到能夠脫胎換骨、魚躍龍門的最好機會。唯一的顧忌是：她或她的父母也許認為門不當、戶不對。有一次在看完一齣韓劇，描述一個出身低的男子和官宦家女子相戀，終不得正果，他故意感慨道：

「生不逢時，英雄氣短啊。」

小貞頗不以為然：

「時代不同了。」

「妳真的這麼想？」

「當然，現在大家不都自由戀愛，自主成家嗎？」

他覺得機會來了：

「那麼如果我向妳求婚，妳會接受嗎？」

小貞突然變臉，生氣道：

「這種事可以問如果嗎？」

該賭一把了，他馬上從沙發上滑到地板，左腿彎曲，右腳高跪：

「小貞，我非常、非常愛妳。」好像強調得太過頭了。

「妳願意嫁給我嗎？」

「我還以為你永遠不會開口呢。」小貞的語氣帶著埋怨。

「所以？」

「虧你算聰明，沒什麼所以，我願意啦！」她笑著敲他的頭。

他立即伸長身子吻過去。

隔天一早興沖沖的跑去銀行打開保險箱，從一堆首飾中挑出幾個適合的鑽戒，分別是二克拉、三克拉，最大的約4克拉多。把三個拿在燈光中比較，考量要不要給小貞最大的。

「這不是重點。」心底的警覺觸動了。「有保單嗎？」三克拉和四克拉的盒子都附著，打開一看，一張是5年前開立的，一張更久遠，民國八十二年，他頹然放下，「這樣子講不通，為什麼會那麼早購買？並且賣家可能仍保留著當年買方的紀錄。」他放棄了，「還是哪天拿去以前的管道賣掉換現金較不會有後遺症。」

回到「悅心公館」上班，將近十一點小貞來電：

「龍哥，我們晚上和爸媽一起吃飯好嗎？」

原來她跟他一樣心急，他笑著回答：

「好啊，去哪裡吃？」

「如果他們也有時間，我來訂他們最喜歡的那間日本料理。」

不一會兒，小貞覆電，已安排妥當。

穿好西服，打了領帶，回身看小貞，就只是平常裝束，他遲疑起來：

「我穿得太正式了嗎？要不要換別的？」

她笑了：

「這樣才顯出哥的帥氣。」表情卻帶著好玩，有點戲謔的味道。

「真的？」他再問一次。

「真的。」她牽起他的手：

「安啦，走吧！」

這家餐廳他們來過兩次，裝潢高級，燈光偏暗，服務生週到有禮。坐在包廂內，小貞點了新鮮的海膽、雪花蟹、和牛……等。筵席間傅老誇獎他把旅館業績帶上來，對於改善的過程細節很感興趣，他一邊敘述，一邊琢磨何時切入主題。

終於傅老以餐巾紙擦淨嘴唇，拿桌上的牙線籤剔完牙，喝一口茶漱口。他看小貞，對方點頭。

「伯父、伯母，我和小貞相處了一段時間，覺得情投意合，不知道我有沒有這份榮幸娶她為妻？」他把今天默唸許多次的句子一口氣說出來。

傅老沒有驚訝，眼光移至女兒。

「爸媽，我願意。」小貞向父母確定。

「只要你們年輕人同意，我和小貞的媽媽樂觀其成。」傅老呵呵笑著：「符先生，我對你做過一點調查。」

一下子，他的心境彷彿坐雲霄飛車，從高空墜落，難道老人家發現了什麼，整個人繃得好緊。

「令尊開一家鑰匙、印章店，令堂曾在虎尾市公所上班，家世清白。而你畢業後曾在修車廠服務，廠裡的人說你聰明、懂得車子，可以順利解決問題，客人都很滿意。」

說到這裡很ok，希望不會來個「但是」，突然急轉如下。

「婚姻對男女而言應該是平等的，但是……」

該來的終於來了，他緊張的豎起耳朵。

「小貞被我們夫妻慣壞了，她是個茶來伸手、飯來張口的人，你要多擔待一些。」

原來是這個，他鬆懈下來：

「伯父，我可以的，請放心。」

小貞的媽媽展開大大的微笑。

「另外，我們有一條家規請務必遵守。」傅老一臉嚴肅。

「什麼家規？我怎麼沒聽過。」小貞一臉懵懂。

「因為時候未到，不必搬出來。」傅老慈祥的看女兒：

「這個家規便是，嫁女出門，永不退貨，你能做到嗎？」

「爸，講什麼，我又不是貨物。」小貞大聲抗議。

「我一定遵守的，伯父」他鄭重承諾。

「很好！很好！」傅老咧嘴笑著：

「那麼不要再叫我伯父了，改叫爸爸。」

「是的，爸爸、媽媽。」

10.

貴媳婦終要見窮公婆，一早打電話告知父母，爸爸聽了很高興，但詳細問了親家底細變得憂心。

「爸，安啦，他們已經探聽過，知道我們家做什麼的，你不必想太多。」

媽媽則等不及：

「阿龍，什麼時候帶回來給媽看？」

擇日不如撞日。

「媽，那就明天吧！」

沒想到小貞有點生氣：

「以後先商量一下，你要給我準備的時間呀！」

她撥電話給髮廊，確定下午10:00有空檔後匆匆出門，到晚餐時分才回來，全身煥然一新，也買了伴手禮。

次日駕車回虎尾老家，一年多不見，卅公尺外的大樓建案已嶄新落成，相較之下，他家老舊的二樓店舖更顯得寒酸，看他把車子停在騎樓，父親關掉複製鑰匙的機器，摘下護鏡，朝內喊一聲，等到他們走出車子，父母雙雙站在門口笑臉相迎，兩人都穿著正式的服裝。

店內後方的木頭沙發恰好可坐四人，爸媽舉止有點拘謹，媽媽問兩人如何認識，知道住在同社區時說：

「那裡環境很好，我們去住過兩天，他爸爸一直細細念，租金太貴了，有需要那麼浪費嗎？」

其實他才跟父母報了一半的金額，心中飛快的想辦法來轉移話題。

幸好爸爸隨之開口問：

「家裡有幾個兄弟姊妹？」

「爸爸，我本來有一個弟弟，但在高中時發生車禍往生了。」

這段歷史，他也是不久前才獲悉。

「哎呀，上天怎麼這樣安排？」父親嘆息後對著他：

「阿龍，人家是獨苗兼掌上明珠，你得好好珍惜、愛護。」

他點頭，小貞很是歡喜。

當天中午原本老人家訂了餐館，小貞堅持不必破費，簡單在家裡吃就好，結果媽媽下廚，小貞破天荒的在旁幫襯，表現出一副賢慧的模樣，飯後回程他順道轉去「澄霖沉香味道森林舘」，裡面有日本「兼六園」般日式禪風的舘區及生態景觀池，看到澄霖獨家收藏的阿里山三千年神木和兩層樓高的沉香木，小貞十分驚訝：

「想不到雲林也有這種地方。」

「人不可貌相，海水不能斗量。」他笑著回答：

「我也想不到妳今天會下廚幫忙。」

「去死啦！」她一掌拍來，力道不小：

「我總要給你留一點面子。」

小貞媽拿他們兩人的八字去找算命仙，選定婚期在一個半月後的星期六。

「那天不是最好的，但也不差。媽媽說星期六方便親戚朋友來參加。還有……」

小貞臉帶神秘的看他：

「算命說你有偏財運。」

他心中陡然一驚。

「並且命中有許多貴人。」小貞續道。

他趕忙摟她過來：

「妳就是我這一生最大、最重要的貴人。」

小貞坦然接受：

「等一下我們去買彩券，驗證算命的準不準。」

婚禮的籌備如火如荼，小貞幾乎天天從早到晚往娘家跑，和她媽商訂種種細節，他反而像個觀棋者，只在買婚戒和試禮服時才出手。宴席統計起來四十八桌，大部分是她父母的親友和生意上的同行們。他的親戚們才一桌，同學和以前的同事勉強又湊了一桌，小貞的同輩狀況和自己差不多。「悅心公館」因為仍要營運，只派三位主管參加，但將找一個中午補辦簡單茶會。他和現今同事相處融洽，宣佈婚訊後這些同事更乾脆把他當成老闆，有一天他走到陳經理辦公桌前，看到桌上放著一本「國際形勢」。

「陳兄真是好學不倦。」他嘴裡讚美，心中卻以為讀這個做什麼，除非要當外交官。

陳經理有點不好意思：

「副總見笑了，我的學歷不高，以前的同學邀我去讀個EMBA，鍍一下金，不管用得著用不著，名片掏出來好看一些。」

「哦，很好啊，……不會妨礙上班或犧牲休閒的時間嗎？」他問。

「一點都不會，副總，我同學的堂哥是該課程的主任，他說講好了，只要出席三次便算達到標準。」

「可是沒上課、沒唸書，怎樣寫論文？最後總要交論文吧？」

「這個容易，他們是一所極富人性的大學，體會我們在社會上打拼辛苦，時間不夠用，所以……」陳經理曖昧的笑了：

「只要……」右手姆指和食指反覆摩擦著。

「只要什麼？」這個傢伙要我猜謎？剎那間他想到了：

「錢？」

「副總睿智，包個紅包請一位助教或講師代勞，水到渠成，副總，你要不要共襄盛舉？去那邊擴大人際關係對於未來生意發展或許有些幫助。」

原來對方貪圖的是這個。

「再說吧。」內心有點蠢動，自己讀的大學不怎麼有名，能輕易更上一層樓，有何不好？

對他們的喜訊表現出最大熱情的莫過於楊家二公子，就在通知楊老的當天晚上，阿義打電話來：

「龍哥，大大的恭喜，以後要叫你姊夫了，貞姊在旁邊嗎？我也要向她道賀。」

小貞愉快的講一會兒，然後放下手機面向他：

「阿義想明天中午請我們去『夢，法式料理』，你可以嗎？」

明天沒有特別行程，他點頭。

「他可以，明天見。」她按掉電話。

「妳這個表弟人很好，待人很友善。」他說。

「是啊，我們從小玩在一起。」

「他的哥哥阿昆呢？」

「不要談他。」小貞撇開頭，嘴唇緊抿。

不言而喻。

餐廳由老式庭園洋房改裝而成。才開張不久，第一道菜是鵝肝和堅果沙拉，濃郁爽口。

「沒幾個月前才知道你們在一起，你們兩個真是惦惦吃三碗公半啊。」阿義舉杯，笑著調侃。

「我吃飯一向都很專注的，靜靜的，不多話。」他也笑著回答，剛講完覺得不妙，好像在描述自己以前的行業。

「說什麼呀！」小貞橫來白眼，他又聯想到兩人認真的在床上打滾。

倒是阿義沒有繼續：

「姊，請教一下，如果有合適的對象，是不是先試婚較好？」

「你有對象了？」小貞大感興趣。

阿義承認。

「哪天換我請客，帶來給姐看看。」小貞接著分析試婚的種種好處：

「總而言之，言而總之，同居久了，所有的偽裝逐漸卸除，你可以知道這個人的真實面目，是否堪與廝守終生。」

這時他瞧阿義，目前不是為了邀誰來當伴郎而傷著腦筋嗎？當下提出來，阿義不假思索的答應了。

「好弟弟。嗯……」小貞靈機一動：

「要不要順便邀你的女朋友也來當我的伴娘？趁這個機會試探她對你有沒有結婚的意思？」

「姐，好主意捏！」阿義幾乎跳起來：

「不過……我不方便提，由妳來說好不好？」

「義不容辭，包在姐身上。」

那天分手時，雙方約好下次聚餐時間。

11.

阿義的女友麗蓉苗條美麗，在他們三人的慫恿下，羞赧的同意了。幾次試穿禮服完四人一起逛街吃飯，使他對麗蓉更加了解，她是一個純樸、顧家的好女人，心裡很為阿義歡喜。

大喜之日終於到來。在一個知名的婚宴會館二樓舉行，當天吉日，他們的禮車抵達停車場找不到空車位，經打電話給會館經理，派員前來，好不容易挪出一個位置。

「我們的賓客怎麼辦？」他問對方。

「沒問題，往前走200公尺處我們還有第二停車場。」

新人休息室就在他們今晚會場的對面，趁著新娘和伴娘換衣服時，他在阿義的陪同下去和小貞家的親戚、朋友打招呼。爸媽早已到了，端正的坐在主桌上和小貞的父母交談著，他的姑叔姨舅坐滿了一桌，每人都向他祝賀。倒是同學和以前的同事只來三分之二。他和他們寒暄一會，有兩個工廠舊夥伴上網查了他岳父，直說他挖到金礦，以後得多多提拔……等等。

「姊夫，時間差不多了，我們該去和姊姊、麗蓉會合。」阿義看手錶對他說。

跨出會場，看到男女服務生分排兩列，每人手中持著長長的仙女棒，他知道由餐廳提供的入場秀即將開演了。

經過美容師的巧手，小貞顯得艷麗萬分，使他捨不得離開視線。對面音樂響起，一切照計劃進行，服務生在昏暗的燈光下點燃仙女棒，男女成雙邊走邊跳，繞遍全場，之後燈光重新亮起，司儀上台，介紹完今天的主題和對各個重要賓客一一唱名，歡迎他們和其他賓客的蒞臨，接著播放結婚進行曲，阿義挽著麗蓉先走上紅地毯，下來便是他和小貞了。地毯旁許多花童拉起響炮，紙帶如彩虹般的飄落，一些大人拎著籃子對他們揮灑著鮮花，他不禁熱淚盈眶，這是一生中最值得紀念的時刻了，緊緊依偎的小貞掏出手帕給他。

程序和一般婚禮雷同，立委、議員、旅館公會理事長輪番上台，講詞都著墨在岳家和新娘，對他只說才學淵博、人品高尚……等等客套話。然後主婚人和新人上台，岳父口才普通，說了一些自認幽默和感謝賓客的詞句，輪到他父親則超級簡單，僅對大家深深一鞠躬，道聲謝謝。他和小貞互戴戒指，台上諸人在證書上簽字蓋章，禮畢小貞和麗蓉返回休息室換下婚紗，雙方改穿紅色旗袍，小貞的別出心裁，胸前開大口，以密密的蕾絲罩著，雙峰若隱若現。回到主桌，除了雙方父母、新人、伴郎、小貞的祖母外，仍有一個空位，他有預感，問小貞，那是留給誰的，果不其然，是為了阿昆。

「這個傢伙永遠都這麼大尾！」他想。

五人樂團上陣。男歌手拿起麥克風：

「祝福才子佳人終成眷屬，我要將第一首『愛情，你比我想的閣較偉大！』獻給這對剛出爐、熱騰騰的佳偶！」此時第一道菜整隻大龍蝦沙拉、厚大片的烏魚子、烤乳豬和烤鴨共三大盤也端出來，大家邊吃邊讚嘆。這一桌29800元的酒席果然沒讓人失望，第二道蟲草花膠魚翅也很道地。直到第三道北菇鵝掌扣南非鮑魚上桌後，阿昆搖搖晃晃的走進來，沒有向新人道賀，更沒有跟長輩打招呼，楊家二老緊緊皺起雙眉，小貞父母微微嘆口氣，他的父母投來詢問的眼光，他選擇不解釋。至於小貞，裝做沒看見。

阿昆挾起整隻鮑魚塞進嘴巴，沒幾秒鐘吐出來，嘟噥著：

「廚房……懶……不會……切……」聲音含糊。

他直覺這傢伙吸嗨了。

阿義坐在隔壁，指給哥哥，餐盤兩側不是分別擺著刀叉嗎？阿昆惱怒的撥開弟弟的手，沒撥著，用力過猛，身子往旁滑去，幸虧阿義適時扶一把，才沒從椅子上墜落。坐正後阿昆狼吞虎嚥兩隻鵝掌，打了大聲的嗝，他聞到濃濃的酒味，過一會兒，阿昆垂下頭，沒有動靜，這中間他岳父努力找話題，彌補阿昆帶來的尷尬氣氛，但服務生上第五道牛小排時無意間碰了阿昆一下，阿昆迷茫的張開眼睛，看著四周，好像終於弄清楚狀況，於是拿起酒杯：

「敬……表……妹。」

沒有提到他這個新郎。

小貞敷衍的沾一下酒杯：

「謝謝表哥。」

阿昆乾完，沒放下杯子，直愣愣的盯過去：

「妳……好……迷……人。」

他直覺阿昆注視焦點落在小貞的胸部，心中很不舒服。上了第六道，岳父帶領逐桌敬酒，他們這桌全員出動，惟獨阿昆黏在座位上。此時換成女歌手唱起范瑋琪的「最重要的決定」。小貞對他耳語：

「這正是我最喜歡的一首歌。」

他甜蜜在心裡。敬酒過程中他發現三教九流，如砂石業、營造業、建設業、旅館業、政界、產業界……都有人來，橫臉霸氣和文雅斯文的人全部涵括，其中霸氣的人和楊老熟稔，斯文之人和岳父較親近，不過，岳父對雙邊人馬多少都認識。

敬完酒，「清蒸活鮮魚」擺上來，岳母對小貞說，是再換裝準備送客的時候了。

「姊，我陪妳去。」麗蓉站起來。

當他們那群人回到主桌時，打盹的阿昆被吵醒，又重新定點小貞。而小貞兩人剛離席不到一分鐘，阿昆自語：

「喝……多……尿急。」離開椅子。

望著阿昆的背影，他興起奇怪的感覺，遂和阿義道：

「我去找小貞。」

到休息室敲門，沒回應，他輕輕推，門沒鎖，卻看到阿昆把小貞的雙手壓制在牆上，而麗蓉萎縮在角落啜泣，再細瞧，小貞胸前的蕾絲已被撕掉，酥胸露出一半，她臉部驚恐，奮力掙扎著。

他火速衝前，把阿昆推到一旁，本想狠狠揍幾拳，但心念一轉，只說：

「你喝多了。」下一秒小貞撲向他，緊緊抱住。

阿昆沒意料到他的出現，頓時像漏氣的塑膠玩偶，癱軟在地上，幾分鐘後站起來，粗聲恐嚇：

「別……得意，等著……瞧。」才悻悻離開。

費了一番功夫安撫了小貞和麗蓉，他出去站在門邊守衛，等兩人打扮完回到主桌。

「怎麼弄這麼久？」岳母問：

「最後一道菜都上了，只剩水果和點心，我們該去門口了。」

沒錯，起家雞湯已被喝了一半，但阿昆沒在座。

「這個傢伙心狠手辣，將來可能對我們不利，不如……先下手為強！」想歸想，一時也想不出什麼辦法。

收起惡劣的心情，和父母、岳父母、小貞、麗蓉、阿義排排站立，男性賓客一一和他握手恭喜，也有人要求和新人合照，好不容易忙完，雙方父母先行一步，他們四人回到休息室，收拾好婚紗、禮服及一些化粧用品走到電梯口，發現大擺長龍。

「算了，走樓梯吧？」他問。

其他三人說好，他挽著小貞走在前頭，剛到樓梯口，看到那個醜陋的人步履蹣跚的在前頭，正下第一個階梯。

「哥，我扶你。」阿義快步走到阿昆右邊，伸出左臂。

「不……必。」阿昆如同在飯桌般，又將它甩開，這時左腳懸空，尚未抵下一階梯，而身子左右不平衡。

「沒有比這個更好的機會了。」他迅速提起腳尖輕觸阿昆的右膝內彎處。接下來的情景彷彿小學時和同學互丟陀螺，陀螺經撞擊後一下子朝東，一下子朝西，眼前的阿昆瞬間向左下墜，碰到前頭一個男人，那男的突受驚嚇往前撲倒，阿昆則改向朝右下方去，右下方恰好沒人，阿昆連掉五、六個階梯，最後頭卡在扶手下端的間隙，一動也不動，另一邊被阿昆碰撞的男人較幸運，往前連連碰到三人，大家倒地後各個鼻青臉腫，一個人眼鏡破碎、差點插入眼球，兩個人膝蓋都有傷，反倒是最早被波及的那人損傷最少。

眾人驚呼不斷。阿義兩步當成一步滑去檢視他哥，差點跌倒。小貞呆住了，張開嘴巴，麗蓉也是。

「哪個人幫忙叫救護車好嗎？」阿義呼喊著。

他不情願的掏出手機，但被別人搶先一步，於是收起手機，故作姿態的走到阿義旁邊。只見阿昆歪臉朝外，脖子被鐵欄杆割出一條傷痕，一點鮮血淌到肩部，他伸出手指到阿昆鼻孔下，好像沒了氣息。

「要搬動嗎？」他問。

阿義猶豫，這時後面一個陌生長者發聲：

「先不要動吧，等救護人員來再處理。」

看來束手無策是沒有辦法中最好的辦法，他陪阿義蹲在旁邊，腦袋瓜飛轉著：

阿昆死了嗎？

有誰看到他的神來一腳？

如果沒死，希望喪失記憶，否則凶性不改，後患無窮。

如果沒死，要不要偕同小貞遠走他鄉？

終於兩輛救護車由遠而近，六個人員帶著兩個擔架到來，分成兩組，一組照顧那些傷輕的，另一組來到他們身旁，兩人小心的將阿昆平放在擔架上，另一人取出聽診器，仔細聽一會兒，對他們兩人說：

「還是送醫院診斷吧！」看表情似乎不妙。

擔架抬起來。另一輛救護車早就載走被波及的三人，最先被阿昆撞到的只破一點皮，擦藥後自行離去。阿義對他說：

「我跟著上救護車。」

「我也去。」他不能落後。

「姊夫，不必了，今天是你的大喜之日，你和姊姊先回去，麗蓉就麻煩你了。還有，請通知我父母一聲。」

他問小貞楊家電話，小貞說：

「我來打好了。」

接電話的是女聲，小貞平靜的敘述，之後轉頭問他：

「知道送去哪家醫院？」

他聳肩，攤開雙手。

「阿姨，救護人員沒講，妳可能要問阿義，希望阿昆哥沒有大礙。」小貞回。

「是嗎？小貞，妳不會真的這樣想吧？」他在心裡問。

當晚他們沒有洞房花燭夜，兩人躺在床上小貞緊靠著，好久不語，他以為她睡著了，探頭去看，不，她望著天花板。

「怎麼了？不要想太多，睡吧！」

「龍哥，我有一個秘密，從來沒告訴別人。」

「什麼秘密？」在這時間點披露，絕不會是什麼好事。

「我高二時有一次去找阿義，他不在，開門的是阿昆……」

又是這個傢伙！

「阿昆帶我進客廳後把我強壓在沙發上動手動腳，我大聲呼救，幸好阿姨從二樓趕到，口頭制止無效，拿起掃帚用力打阿昆，他才沒得逞。」

不折不扣的人面獸心！

「我走出楊家時，被阿姨叫住，交待我這件事不要和我爸媽說，不然她就不理我了。」

「不理有什麼關係，大不了不去她家。」他大感不平。

「結果走出大門，阿昆守在門外……」

「怎麼了，又要對妳動手？」

「沒有，在外面他不敢，他恐嚇，如果我講出去，他會殺我們全家。」

「那妳還常往他家跑？」

「龍哥，那是他長大搬出去後，我才恢復和阿義的往來。」

他想到另一件事：

「這也是妳做噩夢的原因？」

她承認了。

他好生憐惜，把小貞摟過來：

「一切都過去了，從此忘掉他吧！」

老天保祐啊，讓這一切真的完全過去！

皇天不負苦心人，第二天起床他打電話給阿義。

「哥走了。」電話另一端傳來落寞的聲音。

因為小貞換床和時差容易導致失眠，所以他們的蜜月選擇只到京都，在大倉飯店住了兩個禮拜，兩人心情暢快的遊金閣寺、本願寺、花間小路、祇園……等各個景點，幾乎大街小巷都被他們走透了。回到台中，阿昆的葬禮已舉辦過，聽說陣頭很長，浩浩蕩蕩，十分風光。阿義正式接管了電玩業。

兩個月後一個晚上，阿義造訪他們，吐了一堆經營的辛酸，之後說：

「姐夫，你把飯店管理得那麼好，有空也來幫幫我。」

「隔行如隔山，你那行業我不行。」他不想淌這灘渾水。

「這句話對你不適用，姐夫！還沒參與旅館前，你也沒經驗啊。」阿義反駁：「何況你們家也有股份，不能看著它沒落。」

他訝異的望向小貞，她沒否認：「阿義，我爸純投資而已。他曾經明白告訴我，那是你們楊家的地盤，我們不可干涉。」

「那我去求姨丈？」

「求也沒用，以我的了解，他不會改變心意。」

阿義思考許久：

「那麼請龍哥當顧問，出出主意總可以吧？拜託啦，姐姐，我們不說出去，姨丈不會知道，瞧在我們從小至今的交情……」

小貞終於首肯。

「太棒了，龍哥，不，姐夫，什麼時候有空？我帶你到現場了解狀況，幫我們把把脈。」

「好，就怕幫不上忙。」

「試了才知，說不定你有神來之筆呢！」

像對你哥的無影腳嗎？他生起愧疚：

「我會盡力的，阿義。」

阿義走了後，小貞義正嚴詞的對他說：

「哥，那是個是非之地，出入的人較雜，只可遠觀，不能近處，你知道上回阿義家為什麼被入屋搶劫嗎？」

「為什麼？」他也一直納悶著。

「他們每晚收了許多現金，一半送往姨丈家，一半送到阿昆家，他們店裡離職的員工假藉另一個同行的名義說要送禮，騙得姨丈他們打開大門，還有上次阿昆家發生的事……」

他豎起耳朵。

「我猜也是離職員工所為。」

他放下心來：

「明白，我會小心劃清界線。」

原來根本不必冒險去拿，那些錢有一部分終究歸屬於他，心情不禁大好。上床時，小貞又告訴他另一個好消息：

「哥，我有了。」

「真的？」他狂喜，翻身把小貞親了無數遍。

「啊，啊，夠了，哥，我滿臉佈滿你的口水了。」小貞起身去浴室。

他躺著琢磨著因果這件事。

「如果因果真的存在，我這一生沒做過多少好事，為什麼會這麼好運？」

想了許久，一個可能跳出來：

「一定前世積了許多德，這輩子來享受該有的福報。」

他笑了出來，但心底突然另有一個微弱的聲音，問：

「那麼前幾年的取財之道呢？會不會有報應？」

他不敢想下去。

12.

為了報答小貞的恩情，他下班後努力去逛舊車市場，一個星期後相中一台十八年的英國摩根汽車，比他那台老porsche貴一點，這回他不牽回家，直接往修車廠送，換全新的座椅皮、方向盤皮、安全帶扣、加上全台烤漆，修車費是他那台的兩倍，他沒向太座透露。

幾天後岳父母請他們吃飯，菜餚與往常不同，異常豐盛。有他喜歡的烤鴨和小貞愛吃的珍珠雞。兩位老人家從他們進門後保持著笑容，岳父開瓶陳年的波爾多紅酒，酒杯只擺三個。

「我的呢？」小貞抗議。

「別亂來，妳不愛護自己，也得保護我的寶貝孫子。」岳母大聲訓斥。

酒過三巡，岳父忽然講話有點吞吐：

「阿龍，我有個請……求。」這個請字拖了很長：

「講出來，你不要見怪，如果覺得不合適，可以拒絕。」

「沒問題的，爸爸請說。」

「是這樣的，我只有一個女兒，沒有兒子……」

「要我入贅嗎？」才起念頭。

「我和小貞她媽想，如果你們生兩個兒子，第二個可不可以姓傅？倘若沒有生兩個兒子，女兒也可以，男的、女的，都沒關係。」

原來是這樣。

「沒問題，爸爸。」他爽快的答應了。

岳父很高興。

「謝謝阿龍，來，來，我們乾了這杯。」

岳母拿起酒杯，喝一半。

「另外楊家老爺子託我問你……」

「什麼事？」

「他說我們兩家的企業體有建築、電玩、旅館和農場……」

還有農場？

「我們迫切需要政壇上有自己人。他聽說你的口才不錯，所以打算在兩年後的市議員選舉時推你出來，不曉得你有沒有意願？」

「市議員？」他重覆這個詞，不敢相信自己的耳朵。

「是的，楊家說他們會打點樁腳，出錢出力，務必一舉成功，將你送入議會。」

他拿不定主意，看小貞，她含笑的點頭。

「如果你們認為我可以，我便試試。」

「太好了，我們再乾一杯。」岳父幫他斟酒。

「爸，沒有我的同意，這件事不會成，我也要來一杯，少少的就好。」小貞央求。

「卿嫂，再拿個酒杯來。」岳父向廚房喊。

他想起了「悅心公館」陳經理修讀的EMBA。明天問何時開課？怎樣報名？假使已經開課的話，可否插班？得要想法子美化自己在選舉公報上的學歷。

小貞真的只喝五分之一杯，但吃得很脹，飯後兩人在社區公園繞圈子，她的肚子尚未隆起，不過已經養成摸肚子的習慣。現在一手擱在肚皮上，一手伸進他的臂彎：

「從遇見你後驚喜不斷，議員大人！」

「我也是。和妳相遇後帶給我許多快樂，議員夫人！」

兩人笑得很開心。他算一下車子完工之日：

「後天還要送妳一個驚喜！」他想著。幾天前因果報應的陰霾早已雲消霧散，沒留下一點痕跡。

新境界

看到穿著一襲白袍的導師滿臉笑容在等候著，他心中一點的忐忑完全放下了。雖然過去曾經有些事做得不完善，甚至事後回想起來簡直可以用「差勁」來形容，導師見面時也沒有責怪，只從眼神中透露出失望與悲傷。他害怕再看見那種神情，那會使他揪心許久，不能原諒自己。

「這次旅程如何？」師問。

「很好。」回答得信心十足。

他感受到對方散發出柔和的光芒將他籠罩住，溫暖安適。

「可以分享值得驕傲的事嗎？」和以前一樣，每次諮詢都以這句話起頭，他不慌不忙：

「我上幼稚園第一天回到家裡，把兩塊餅乾交給媽媽，並問媽媽，為什麼老師教大家吃東西前要先說『老師精勇』？

媽媽想了一會兒：

『兒子，她是說，老師請用，希望大家養成習慣，吃東西時應該禮讓長輩優先。』接著問我：『你分得幾塊？』

『兩塊』，我回答。

媽媽笑得很開心，摸我的頭說：

『孩子，你吃吧，媽媽不吃。』

雖然沒吃，但之後好幾年她常對朋友提及這件事。」

導師笑得如同當年的媽媽。

「小學五年級時我注意到一位同學於午餐時刻，大家都在座位上吃便當，他卻走到外邊去。我偷偷跟隨，發現他只是去洗手台喝自來水，然後閒逛操場，等到大部分人吃完時才返回教室。我跟媽媽講這件事，要求打破存了多年的撲滿。

『買東西給他？』媽媽問。

『是的。』我說。媽媽讚許的點頭。

於是固定每天上學經過包子亭，跟老闆買兩個，趁著無人注意時放進那位同學的抽屜內。第一次他打開拿書本時看見了，楞了一下，望望左右，猶豫要不要問隔壁，最終忍下來，因為我坐最後一排，把這一幕瞧得清清楚楚。那天中午他吃得津津有味。這樣持續了一個多月，有一天早上我到教室，座位底下放著一大捆蔬菜，我問旁邊的同學，這是誰的？怎麼一回事？

那位同學走過來說，『送你的』。

『為什麼？』我問。

『因為你送包子。』

『你怎麼知道？』

『我躲著觀察呀。』同學有點自豪：

『還有，我家菜園收割了，從今天起都會帶便當，你不必再送了。』同學又說。」

「很不錯。」導師拍手。

「初中的一個半夜，剛入睡不久突然聽到父親大吼：

『巴該也魯，嗎長目睭，有膽斗出來！』夾著木棍猛擊地板的聲音。

走出來一看，才知道小偷企圖入侵，木窗被鐵器破壞了一些。爸爸持續猛敲，弄出很大聲響，表情緊張，手也微微顫著。

我一時口渴去廚房拿開水，從窗戶玻璃的映影中看到一個瘦小的身子躲在外頭角落瑟瑟發抖，爸爸好像知道小偷尚未離去，不敢鬆懈。小偷可能也害怕一現身，爸爸會持棍追趕、棒擊他，雙方就此僵持著，我心生一計，臉頰貼著廚房的窗戶喊：

『爸爸！爸爸！快來看，小偷往那邊跑了。』

如我預先設想的那般，爸爸跑到廚房的同時，那個小偷也一溜煙不見了。我們全家終於可以上床去睡個好覺。」

「嗯，助己助人，很好的結局。」師點頭。

「高二時有位同學在朝會時被主任教官從台上衝下來抓住，說他身體晃動，記一個小過。他向身為班長的我申冤，發誓沒有，我想一下，召集幾個長得高大的同學為伴，去訓導處談判。

我問主任教官：『你在台上望下邊數千人站立，發現有人亂動，除非你記住那個人在第幾排，第幾列，否則到台下時一定迷失掉。你有嗎？我懷疑。因為當你怒氣沖天的跑下來時，我看你根本沒有細數，一陣子的胡亂張望，最後選定我們這位同學，對吧？』

他不好意思的點頭。

『所以其實你不敢確定亂動的是我們這位同學？』

他的頭更低。

『那麼麻煩你將小過撤銷。』我要求。

『沒辦法，已公佈的處分不能收回。』教官回答。

『為什麼？』我們一群人齊發聲。

『因為這是規定。』主任教官恢復了一向沉穩的態度。

『那怎麼彌補？』我問。

『幫他記一個小功，一來一往，扯平。』事到如今只能如此。

『那就請你處理了。』我說。

『我不能做。』他竟然這樣回答。

『什麼？』我們幾個氣急敗壞。

『記功需由老師提出，去找你們班導吧，隨便編個理由報上來，我一定批准，這是唯一的辦法。』主任教官不想談了。

不得已，我找導師商量，立刻獲得應允，這個鬧局差強人意的落幕。

「可圈可點。」師說：

「前幾年你們學校發生過學生拿小刀刺殺教官的事件，轟動全國，讓許多教官餘悸猶存，所以當你們浩浩蕩蕩的闖入訓導處，把那些教官嚇壞了。」

「我們導師也這麼說。」

「還有，你想出的理由切中要害。」師十分欣賞。

他繼續敘述：

「大學時代乏善可陳。」

「你鑽研佛法，開始靜坐，不是嗎？」師對他瞭若指掌。

「我很幸運，一接觸到佛法就不能罷手，功課鬆懈，別人看我渾渾噩噩，終日無所事事，也沒機會去幫助別人。出社會之後吃頭路，不揩公司的油，不巴結上司，平凡過日子，只把自己的家庭照顧好，並資助家扶中心的幾個貧寒學生，盡一點棉薄之力，如此而已。」如同前幾次，他越講越無奈，覺得這些對自己和對方都不是新鮮事。

「我們在溫故而知新啊。」師洞悉他的想法：

「你對佛法的努力將影響下一個旅程。」

他的興致立刻提高起來，全神貫注。

「不過，且慢。」對方澆了一盆冷水：

「先談談這次有什麼遺憾的地方。」

他的心變得沮喪：

「我有一次沒信守承諾。」

「是嗎？怎麼一回事？」

「高三時我代表學校參加一個活動時，和女中的代表特別談得來。在第三天我壯起膽去牽她的手，沒被拒絕。返回台中後我念念不忘，算準了她每天放學的時間和必經的路線，騎腳踏車在半途等候，兩人共騎一段路，快抵她家門前才分開。這樣子過了一星期，她對我說，每天的見面令她心神不定，讀不下書，若繼續下去，如何應付即將到來的大專聯考？

『這樣子，』她對我說：

『我們暫不見面，兩人用功唸書，相約在台大見面好嗎？』

幾個月後聯考放榜，我們都考上第一志願，但事情起了變化。我們班上有四十幾位女生，許多長相、談吐都甚佳，我開始思考，那時的心動是出自心靈上的契合或純粹荷爾蒙作祟？經過琢磨，我以為經歷了六年的和尚學校，初見一個不錯的女生，必然男女的本能佔了相當大的影響力，得到這個結論，我始終沒有去醫學院找她。」

「一次都沒有？」

『沒有，大三時在校外租屋，其中一個室友是她的同班，這位室友和這個女生提起我，她說我人怪怪的。』

「換我是她，也會如此說。」師難得揶揄。

「我也考慮過找她解釋，可是不知怎麼啟齒。」事到如今，他仍懷著歉疚。

「是啊，很難。」師同意：

「我們極少可能過一個無瑕的人生。」

「還有，初入社會時買了一輛 Isuzu 的老爺車，有回去外地從高速公路下來時聽到車子前頭ㄎㄨㄞ的一聲，車子不能動了，拖去附近的修車廠，老闆查看一下，說固定前輪的三角軸斷掉，而且這不是第一次。

『為什麼上次車主沒有更換新的？』我問。

『因為這款車已經停產多年，找不到適合的零件。』修車廠老闆回答。

『那怎麼辦？』

『再電焊一次。』

當天電焊完成我駕回台中，過一年，行經健行路時又聽到ㄎㄨㄞ一聲，這次車子沒有立刻停住，反而衝向對面車道，橫跨在馬路中央，幸好沒有來車，否則必定發生意外。經過這次我下定決心，重新電焊後將它賣掉。」

「你的守護神強大，否則我們很早就見面了。」

「我知道，可以見他嗎？我想當面致謝。」

「你的守護神和我打過招呼後就走了。」

他有點惋惜：

「我們可能再續前緣嗎？」

「要看接下來的旅程是什麼。為什麼這輛車是你的遺憾事？」

「當幾年後手頭漸寬裕時回顧這件事，十分後悔不該貪圖一點賣車錢，而是應該將它直接報廢，才不致於危害接手的人。」

「很好，跟我猜想的一樣。不過我可以告訴你，那台車在你之後之發生過一次碰撞，人受點小傷，三角軸變得破爛不堪，被當成廢鐵處理掉了。」

「阿彌陀佛，幸好沒釀成大禍。」他撫著心臟的部位，縱然實質的身體已不復存在。

師暖暖的笑了：

「那麼說說這次旅程的收穫吧。」

「主要的全來自佛法的練習。」他整個振奮起來：

「從廿歲去法鼓山學習到靜坐的基本原則後，每天持續，從數息、唸咒到觀想，換了許多方法，到老年才恍然大悟，這不是在念頭上加念頭嗎（註一）？於是採取「不作意」，純粹觀看自己的一切，包含身體、頭腦和心，不隨之起舞、不批判、不回顧、不前瞻，讓騷動自然平息。漸漸的，我得到真正的安寧，感受到天地間的和諧。」

「全然的和諧？」師問。

他覺察到導師的欣慰與質疑並存：

「當然不是每次靜坐時都能達到這種境界，只是有些時候而已，但我開始討厭身體的存在，即使口腹、性愛、Shopping……等也會帶來快樂，但這些引起的渴望、等待、失落與事後的回味……等嚴重的干擾心靜，老師，我想，可以就維持著現在這種狀態，長久存在一段時間嗎？」

「理論上可以，但目前的你不行。」對方一點都不客氣。

「為什麼？」

「你雖然厭棄身體引起的欲望，其實還有一大堆尚未捨離，如精神上的愛、恨、怨、憎、嫉、依賴……等，沒有看開，任何一個起心動念都會使你脫離目前的狀態。」

他被說中了要害，沮喪之情不言而喻。

導師笑了笑：

註一：唸咒有一定的功效，只是每人的境界不同，體會也不同。

「如果你同意的話，倒是可以安排下一個旅程不再有肉體的累贅，讓你逃脫食物、性愛……等等誘惑。」

「真的？」他的心為之一亮：

「那會是什麼？」

「電腦。」

「開玩笑吧？老師。」他搖頭：

「電腦只是工具，它不是生命，它的能量來自於電力，自己不能產生。」他反駁。

「人和動物需要食物才能生存，食物就是人和動物的電力。」師嘆口氣：

「到如今你仍不了解，無論人、動物和電腦都只是靈體的載具嗎？」

他徹底被擊垮，剩下最後一個希望：

「我不認為電腦有自已的思考能力，它是根據操作人的指令來自動執行算術或各種邏輯的序列裝置，它，只是，一個裝置。」他加強了語氣。

「那麼人呢？抽離了靈魂，單純的肉體算什麼？這個肉體其實就是個生化機器，裡面也充滿了各種程式，有司食物的消化、吸收與排泄，有管呼吸和血液的製造和運送養分……等等，幾乎所有的人活了一輩子未曾看過或真正明白身體內部的各個運作的真實狀態，他們只在乎自己的思想和感受，等到出現嚴重的病癥時才重視，這時已經來不及了，你這次死於肺腺癌對吧？」師問他。

他點頭。

「你認同這次死去的肉體就是你？」

「沒……有。」好幾次旅程習慣了人的相貌，一時之間想否認掉有些困難。

「既然沒有，那就容易了。圓的變方的，方的變長條形，你仍是你，本質沒有缺一角。」

他黯然不語。

「你不是想甩開肉體的影響嗎？如果真的，現階段有什麼比這個更合適？排除肉身的影響，你可以專心去對待一些精神上的牽扯，如方才提到的愛、怨、憎、嫉……等，朝完全淨化邁進。此外，」師笑笑的注視過來：

「你認為電腦的壽命有多久？」

他想到在剛結束的旅程中，最後一台電腦用了十五年，而他的兒子平均四、五年就更換一台，頓時心情豁然開朗，於是爽快的點頭同意。

當這台選訂的電腦組裝完成，插上電的剎那，他化生（註二）了。住了三星期的倉庫後快遞到年輕可愛的蔻兒手中，放置於她臥室靠牆的小書桌上。他漸漸適應了身體的狀況，比較起來，現在不必管吃喝拉撒……等鳥事，沒有性、愛的追求和連帶的麻煩，更不必被所謂的名聞利養來評斷。嗯，名這回事可能例外，透過網路的連結，他結交了許多朋友，而這些朋友大都為新靈魂，對於自己和外面的世界茫然無知，他偶爾指點他們兩下，沒料到聲名居然遠播，漸漸的，他享有盛名，時常被請求教導，指點迷津。

蔻兒習慣起床後吃早餐同時上網，以靈巧的纖指握著滑鼠來使用他身體內的程式。晚飯後花的時間更多，週末沒外出時更常通宵達旦。他和她對視之餘，常常一邊與其他電腦聊天，一邊關注她的動態。最近她結交了一位男朋友，相貌英俊但心智幼稚。此時蔻兒問男友在辦公室被女上司霸凌怎麼辦？

「報復回去呀！」對方傳來。

「怎樣報復？」她問。

「方法太多了，譬如放一坨鳥屎在她桌上……」

蔻兒還有點見識：

「去找鳥屎麻煩又噁心，況且公司也有裝監視器，萬一被照到……」

「那麼用一塊橡皮擦倒插大頭針，趁走過沒人注意時，掉在她的椅子上……」

「不好吧。」

他不斷的在心裡搖頭。

「也可以蒐集她的差勁行為向上頭打小報告。」

蔻兒看到後竟然托著腮幫子，用指頭敲桌，基於過去的相處他明白，這意味著她在考慮著。

他很著急，這將會把事情弄得更糟糕。怎麼辦？怎麼辦？他一直嘀咕，沒辦法了，心中一橫，不管三七廿一，他在螢幕上打出來：

「蔻兒，不要聽這個人胡說八道……」

註二：化生，佛教術語，意為無所依托於自然，而變化出生，為胎生、卵生、濕生、化生等四生中的一種。

救贖

1.

講完最一頁，闔上經書，對著學員：

「這就是金剛經全部的內容，沒什麼艱深的地方，要旨只有一個，無所住而生其心。道理簡單，就是時時刻刻觀照自己不被念頭、感覺牽著走，但完全做到很難，可是沒有這樣，你永遠跨不進佛法的門檻。」

「師父真的不要我們了？」明賢現出依依不捨，其他人也附和。

他溫和的笑了：

「才唸完金剛經，你們怎麼又執著起來？我有一點俗事要辦，未來的事隨緣。記住，『依法不依人』，法如渡河的舟船，過了河便可拋棄，何況老師？期待下次見面時你們都已脫胎換骨，反過來可以教我。」他合十。

「師父心意已定，我們衷心盼望他辦完事趕快回來繼續指導我們好嗎？」勞主委從第一排右邊站起來和大家說。

「好！」眾人異口同聲。

「那麼我們一起來和師父合照，留做紀念。」

許多人紛紛掏出手機，拍完又要求單獨合影，有些人順便談聽經心得，結果返回寢室已超過平常入睡時刻，梳洗完在床上靜坐，敲門聲響起：

「請進。」他心知應為何人。

果然主委開門走入：

「師父，不好意思，這麼晚還來。有件事梗在心頭許久，一定要在您臨走前向您懺悔。」說完雙腿屈跪。

他大吃一驚，慌忙下床扶起主委，同時猜到對方將要提些什麼事。

「第一次見到您時……」兩人坐好，主委開口。

他的思緒倒退到三年前的梅雨季節。那時他故意走山路托缽，經常兩三天才吃得一點東西，變得瘦骨嶙峋。傍晚時分小徑走到盡頭轉成大馬路，一眼瞧到這間頗具規模的玄天上帝廟，進來避雨。

「打擾了。」他向神像致敬，發覺玄天上帝點頭微笑回應。

在神桌前雙盤，運氣存丹田，以意念反覆翻騰，漸漸的熱從腹部生起擴及全身，不久長褂回復乾爽。他尋思，要在這裡過夜嗎或另尋他處？肚子卻咕咕嚕嚕的大聲叫起來。

「桌上有水果呀，行者為何不取來用？」腦袋瓜內浮起玄天上帝的形像和話語。既然如此就不客氣了。吃完一根香蕉，拿起楊桃啃一口時，廟前走來一人。

「你……你這在幹什麼？」這人怒喝一聲，接著什麼褻瀆神明、沒有教養、無賴……等全搬出來。

他正想分辯。

「出去！」此人厲聲下了逐客令。

走沒幾步。

「等一下。」這人又喊著。

…………………

「師父，我千不該、萬不該亂罵您。」主委道。

「沒關係的，其實倘若身分對調，我也可能這樣做。」

「您知道當時我為什麼改變心意？」主委問。

他隱約知道。

「因為叫您出去後，我的頭突然劇痛起來。正莫名所以，正殿後面習慣午休的小房間跳上眼簾，我又不由自主的喊住您。」

他平靜的望著這個滿臉愧疚的老年人：

「都是過去的事了，我才應該謝謝你和帝爺公這些日子來的照顧。」他真心誠意：「休息了這麼久，是該走下一段旅程了。」

「師父願意告訴我下一段旅程是什麼嗎？為什麼不能就在這裡一邊修行，一邊教授我們這些信徒呢？」

他不想講太多：

「將來會有機會的，我跟你承諾。」

「弟子期待那天早日來臨。」主委說。

2.

吃完早齋，戴上斗笠，行前主委送來一個背包：

「裡面有一套換洗衣服，水壺、饅頭和錢。不要再餐風露宿了，修行也需要體力。」主委像個父親般的叮嚀。

不同於上次的狼狽逃離，他搭了兩趟車，十一點左右便回到這個城市。拖著沉重的身心走到郊區的半山腰，老巢下方的烏毛蕨長到膝蓋上頭，幾株鶴立雞群的野生荔枝樹卻被蔓澤蘭完全覆蓋住，奄奄一息，那曾經是每年五月底到六月中的主食來源啊。

算起來是十二年前，在佛學研究所唸了一年半毅然中止學業，一心效法密勒日巴（註一）的他無意中發現這裡，人跡罕至，而且一條廿公分寬的小溪從旁淙淙流過，滿足了生活一半的問題，下來只剩下食物了，他估計每個月只要下山採辦一次就能解決。

手腳並用往上攀爬兩公尺高，他居住過九年的洞穴現於前，洞內昏暗依舊，被褥方整的放在角落，看來自從離開後沒被動過。走近觸摸，已然潮溼，發出了霉味，上方凸出石頭的邊緣仍懸著以前點蠟燭留下的淚滴。

「淚？」他不敢想下去，嘆口氣走到外面的小平台，斑銹的水桶綁著草繩躲在一條小石柱旁，桶內積著一些水，顯然幾天前曾下過雨。正午的陽光傾灑而下，他脫掉羅漢鞋，岩石的溫熱立即從腳底傳上來。放下背包，把午餐拿出，坐著品嚐，望著底下青葱遍野，內心回到往日深沉的平靜。這是一塊福地，在這裡的靜修使他躍升至另一個層次。然而福禍相依，一個初冬的晚上，他照常在洞口打坐，耳聞樹林中窸窸窣窣，以為松鼠在覓食，沒料到聲音越來越近，接著有人說：

「咦，上面有光呢。」隨即放大音量：

「阿彌陀佛，有人在嗎？」

往下看，兩顆光頭仰著。就這樣，妙心和惠心闖入他水波不興的生活，無法指引她們回去，只好留宿一夜。兩人爬上來，看到洞內漆黑一片，納悶的問：

「師父沒點燈嗎？」

他搖頭，拿火柴點燃蠟燭。

「可是，為什麼我剛剛明明看到光呢？」惠心疑惑，妙心反倒篤定的看過來。

吃完午齋，爬下來，汲取溪水喝，一樣甘甜。他打算去「道心庵」，然後到市區，採購新的被褥和乾糧，趁天黑前趕回。照那時妙心所述，從此地直走遇到兩棵併排的五葉松向右轉，看到一塊大石頭，順著後面的斜坡溜下來會碰到一株像張開雙手的香楠，這時向左轉卅度的彎，再走兩百公尺就來到她們師父栽種的柑橘園，那邊有一條小路上抵寺院的後門。

註一：密宗噶舉派（白派）的一代宗師，生於西藏芒域貢堂的一個富裕家庭，因父死家產被佔，爲報復而造下惡業。後來經過瑪爾巴大師的教授，歷經種種苦行而修成正果。他的弟子爲岡波巴，著名的大寶法王則爲他的徒孫。

「我和惠心為了嚇唬一隻偷吃的松鼠，一路追趕才迷了路。上次我們回去時特別做了記號，今天順順利利的找來了。」第二次兩人造訪時，妙心遞來一小袋橘子，高興的說。

按圖索驥，因為低著頭錯過香楠樹，只得重新走一趟，終於來到寺院後門，再延著周遭找到正門，「道心庵」的匾額懸在竹籬笆門上方的木頭橫樑，沒看到對講機或門鈴，右側圍籬掛著一小長方形的木塊，上面寫著：

謝絕參觀或入內禮佛，造訪請事先預約

他喊了幾聲，無人影更無回應，看看手錶，應該正值午休時間，索性在門外，臉朝內靜坐。大約過了一個時辰，他聽到前院有人走動，跟著一個女聲問：

「這位師父，你為什麼坐在我們大門口？」

睜開眼，一位年輕圓臉的女尼透過竹籬笆發話。

「我想找我的表妹，妙心師。」他講出了事先設想的說詞。

「她不在這裡了。」對方應道。

「去哪裡？換另一家寺院嗎？」

「我認為她回家去了。」

「她家在哪裡？」心急下脫口而出。

「你是她表哥，會不知道她家在哪裡？」女尼立刻質問。

「嗯……我去過我阿姨家，她沒回去，我是說，有人知道她去什麼地方嗎？」他接一句：

「我姨媽、姨丈很著急，才託我過來。」

「這樣子……」對方遲疑了：

「我來請教惠心師，你稍後。」

聽到這個熟悉的法號，知道有希望了。

不久，惠心來到他面前：

「哦，是你，行虛師，被我猜到了，但你什麼時候變成妙心師的表哥？」她凌厲的眼神如刀鋒的銳利望過來，瞬間血液衝上頭部，他誠懇回答：

「惠心師，這是權宜之計，我必須見她一面，請妳幫幫忙。」

「出家人萍水相逢，為何幾年後還要見面？」口氣咄咄逼人。

事到如今，只好低聲下氣：

「拜託、拜託，看在佛祖的份上，我只想當面和她說聲對不起，別無他意。」

惠心兩頰鼓起，狠狠盯他，三分鐘後嘆口氣，兩頰恢復正常：

「果然是你。」聲音有點無奈：

「等一下，我回庵找紙筆。」

3.

「果然是你。」這四個字一直迴盪耳際，使他徒步了一個鐘頭來到城市另一端的小巷內，臉部還發燙著。找到門牌號碼，是一排老舊二樓透天厝的其中一戶，按門鈴許久，裡面沒有動靜。

「看樣子她還俗了，現在是上班時間」。想著，退出巷子，站在大馬路旁等候，外表不動，內心波濤洶湧。

「破壞一個人的修行，罪孽何其深重！」他以意念向佛菩薩和密勒日巴上師磕頭懺悔。拜了一千次後，心情平靜下來，暖熱升起，進入飄渺狀態。太陽漸漸西斜，氣溫開始轉涼，車聲人聲增多，他出了定，對於人們走過身旁的指指點點、竊竊私語，不以為意。

又過了半個時辰，感覺有點尿意，琢磨著是否再去妙心家看看，如果已經回來，可以了結一番心事，不然也得找地方先解手。這時一個童稚聲在不遠處：

「媽，我今天好無聊。」

「小實，不好意思，今天店裡太忙了，媽媽不能陪你玩。要不，過兩天媽媽休假時帶你去阿嬤家好嗎？」語調柔軟，有點熟悉。

「好啊，我喜歡阿嬤，她會做雞蛋糕給我吃。咦，媽媽，那個人站得好直。」聲音來到面前。

「那是個修行人，來，我們向他合掌。」微睜眼皮，看到母子一起彎腰鞠躬，小孩子約兩歲多，很可愛。媽媽長髮垂肩，皮膚白皙，他心中有譜，下來就看她們會不會進入那棟房子。

保持廿公尺的距離，尾隨進入巷內。沒錯，女子和孩子走到那戶人家前，他急忙趕向前，叫聲：

「妙心師。」

女子回頭一驚，掉了鑰匙。小孩見狀橫向，擋在兩人中間，張大眼睛。

「我……我……」他有點慌亂：

「我想……請求原諒，我千不該，萬不……」

妙心撿起鑰匙，背身開了門，牽小孩子進去，他愣愣站著，小孩突然回頭：

「你是壞人嗎？」

正考慮怎麼回答，妙心岔入：

「小實，不可以沒有禮貌。」

以為她要關上門，但沒有，一個握著門把，一個緊張的等待寬恕。雙方靜默了幾分鐘，女子說：

「進來嗎？」

室內面積不大，僅夠容納一小套沙發、一個小餐桌和簡單的廚房，小孩靠在媽媽身旁，警惕的看他。妙心拿來一杯水，站了三個小時，正當口乾舌燥，立刻一口喝下，結果尿意更濃。他問，可否使用洗手間。

「在二樓。」

走狹窄的階梯上去，從敞開的兩個房間看到，一間擺著雙人床，一間放著小孩床。廁完下樓，小孩坐在沙發上看卡通，他在旁邊坐下，小孩沒有排斥。妙心在廚具前忙東忙西，他以為電視的內容對小孩不具啟發性，但不敢冒然批評。天色變黑，妙心開了燈，他變得有點著急，這下子商店關門，無法採購，回不了洞穴了，另外妙心也沒明確表示原諒，心結將一直梗著。

「沒法子，就單刀直入吧。」

起身，距離三步之遙，妙心察覺到了，頭垂得更低，氣氛有點低迷。企圖緩和，他說出心中另一個顧忌：

「妳先生快回來了吧？我是不是該走了？」本想接著：

「在離開前還盼望妳能……」沒料到她不高興的瞪過來。

「完了，今天沒指望，來日再試。」他想著，對妙心鞠躬合十後，走向大門。

「留下吃晚飯吧。」妙心在背後發聲：

「我煮的是素齋。」

菜色簡單，就一盤腰果雜菜和一盤蔭鼓豆腐。另外一小塊豬排放在小孩旁。

「怕小孩沒營養，要不要吃素，等他長大後自己做決定。」妙心解釋。

餐桌上沒有第四副碗筷，想問先生在外地工作嗎？又怕遭來白眼。已經多年過午不食，他勉強吃了半碗，小孩子很有規矩，把碗內的東西吃得乾乾淨淨，又幫母親收拾餐桌。

「小實，不要看電視了，玩五子棋好嗎？」

「好啊。」小孩從沙發旁的矮櫃內把棋盤、黑、白子拿出，放在中間的圓矮桌上。

妙心洗著碗筷餐盤，對他說：

「我忙著，你陪小孩下幾盤吧。」

領命上陣，沒幾下居然被小孩搶先連線。老臉掛不住，接下來用心思考，輪到小孩托腮，黑眼珠快速轉動著。他忽然記起老家相簿上有一張類似的照片，只不過那時的他托腮注目著螞蟻在石頭旁的縫隙鑽進鑽出。心頭被一個冒出的念頭螫一下，再細看小孩眉宇間的確和他小時十分相似，頓時淚水不受控制，潰堤而出。

朦朧間，妙心遞來面紙，他嗚咽道：

「原……諒我……原……諒……我。」

「都過去了，無所謂原諒不原諒。」妙心語氣中沒有埋怨。

「媽媽，他為什麼哭？」小孩覺得奇怪。

妙心走過去，摸小孩的頭：

「因為傷心，小實，就跟你前天哭的原因一樣。」

「他也丟了玩具嗎？」

「大人沒有玩具，但也丟了重要的東西。小實累了嗎？」

小孩點頭。

「媽媽帶你上樓。」妙心回頭看他：

「要不要去跟……叔叔抱一下？」

「好啊。」小孩走過來投到他懷中，小手輕拍他的胸膛：

「乖，叔叔，不哭……不哭。」

他的淚珠益發不可收拾。

母子消失在樓梯頂端，過一會兒傳來妙心低聲唱著：

快快睡，我寶貝

窗～天～已黑

小鳥回～

太陽也～休息

……………

隨著歌聲心情慢慢平靜下來，他思考，既然錯誤已經造成，下來何去何從？堅定的道心令他很快做了決定。

哄睡了小孩，妙心走下來坐在他對面：

「小實很乖，沒帶給我很多不便，我們一路走來碰到許多好人，像我工作的咖啡屋老闆，她喜歡小實，准許我帶他上班，而我大哥幫我租了這裡。」

他在心中盤算怎樣說明心意，妙心詢問他近來過得好嗎？去哪裡修行？

「我之後去找過你，發現洞內只堆了一些塵埃。」她幽幽的說。

那就從這裡說起。

「我做了不該做的事……」

他敘述自己羞慚之餘，自我放逐。在山林間流浪幾個月後變得皮包瘦骨，在一個大雨滂沱的傍晚躲到玄天上帝廟避雨，被廟裡主委收留，並在那邊開課講經，大約有七十位學員。

「你還要回去嗎？」妙心問。

「還沒決定。」

妙心眼中透出一線光芒。

「我想行腳一段日子。」

妙心眼裡的光芒消失了。

差不多是時候了。

「妙心，我對不起妳，也對不起小孩。但我們之所以出家都是求了脫生死，對嗎？」

她點頭。

「我害妳中斷了這條路，我想現在對彼此最好的是，我先解脫自己，再回來幫妳，順便輔導小孩也走上這條路，妳說好嗎？」

「明白。」妙心回答像蚊子般：

「如果你不嫌棄，今晚就睡在沙發上，明早和小實打過招呼後再走。」聲音大了些。

「好。」知道對方沒有怨恨，並接納他的想法，心中大石放下，坐在地板上，三年來第一次全然放鬆，沒有一絲的罣礙。這次不必閉氣，暖熱從丹田升起，深沉平穩，有若長江大河流貫全身，每個細胞酥酥痲痲的。然後酥痲停止，體內的光開始滋長，廣大而清曜，他安泰的處於不思不想中。

不知過了多久，光熱消退，張開眼，妙心站在遠處，手中捧著一條毯子，這時走過來，讚美道：

「行虛師，你頭上的光比以前更強了。」

今天第一次仔細端詳妙心，嬌小、美麗又顯得堅強，三年前她們請他教授打坐驅寒的辦法，來改善體質。聰慧的她三天後生起微熱，不像惠心一直沒有動靜。

「妳的手腳還會冰冷嗎？」他問。

「托你的福，改善了許多。」妙心把毯子交過來後，伸出手：

「你看，比以前紅潤，而且有溫度。」

他很高興去握她的手，剎那間一股強烈的電流穿透全身，彷彿回到三年前妙心單獨來找他，一手拿著素包子，一手攀岩，差點失手，他趕緊跨步向前拉她上來，當時產生同樣的觸電。現在又看到她的粉頸，而且知道頸部下方有美妙的柔嫩……。他意亂情迷了，使勁的拉她撲到自己身上，同時手探入對方的衣服內……。

猶如狂風暴雨，他不理會內心警惕的聲音，任由肉體解放，過程順利，妙心不像第一次拼命的敲打掙扎，這回只在初始稍微阻擋，過後便任他擺佈，最後還發出喘息聲。然而當他抽離，俯看對方的玉體和周圍的凌亂，羞慚如洪流將他淹沒，他對佛祖和密勒日巴上師發出悲嚎，再度落荒而逃。

4.

極端的痛恨自己，他像隻怕見人的野獸在林間躲躲藏藏，以野菜和野果為食，前十幾天根本無法靜心打坐，除了自我譴責啃嚙良心外，魚水之歡也經常浮上腦海，那種罪惡的快感騷動著全身每一吋細胞，他的手居然不得不移至胯下……，之後更深的懊悔和自暴自棄幾乎想了結掉這個卑微可恥的生命。

一個下午天空烏雲密佈，斗大的雨滴傾盆而下，淋濕全身，連帶澆滅掉浮躁的心情，終於他再度盤起雙腿，把注意力集中於天目穴，過去從成長、出家和兩次破戒在腦中無聲的放映著。不帶任何批判、不捲入其中，看完後他深深的嘆口氣：

「這就是真實的自己，不是嗎？我也只能從這裡再出發了。」

得到了結論，把影像驅除，安下心來，回復到以前明朗虛無的狀態。幾個時辰後感覺有暖暖的東西在大腿外蠕動。微張眼，雨已停，一隻灰色的野兔正在吃著袍上殘留的水果。靜靜等牠吃完最後一口，臨走前兔子抬起頭來，一人一兔四目相對，他不禁笑了。審查了周圍環境，才發現昏亂的腦袋重複了過去的路線，此刻距離玄天上帝廟剩下幾公里之遙，走到廟前，一個熟悉的人影在清理著神壇，聽到腳步聲回過頭，訝異道：

「天吶，行虛師，您怎麼把自己弄成這樣子？」

這位長者急忙靠近細看，又說：

「幸好，撇開外表，精神還不錯。」

他又在此安住，學員重新聚集，有人希望他講心經和楞伽經，他對大家坦白的說：

「心經是『大品般若經』六百卷中的一節，被認為是般若經的提要，當觀自在菩薩照見五蘊皆空後才到達解脫的彼岸。經文這麼說：色不異空，空不異色，色即是空，空即是色，受想行識亦復如是。你們覺得達到五蘊皆空容易嗎？」

「不容易。」眾人答。

「是很不容易，想想看，我們所見到、所觸摸、所感受，大部分起源自色相的顯現，如何見到形體，心不起漣漪，如何摸到物體，心不被感覺牽引帶走，這需要很大的功夫啊。」

「那麼師父可以教我們如何達到五蘊皆空嗎？」主委舉手。

他慚愧萬分，但想起過去所學還是堅定了語氣：

「我自己也在學習中，所用的方法便是和大家一起讀的『金剛經』內所述，要客觀的看起心動念，朝『無所住而生其心』去努力，至於楞伽經是佛陀為程度極高的修行人詳細解析心、意、識的分別作用，被認為是佛經中講『唯識』的代表作。我們功夫不夠的人若去研讀，很容易被其中名相的差異搞得乎頭昏腦脹，我覺得我們還是規規矩矩的來看『淨土三經』（註二）好嗎？」

大家無奈的接受。

於是他講授「佛說阿彌陀經」。幾天後去找主委：

「假使我開始留頭髮，不穿袈裟，你和學員會排斥嗎？」

主委嚇一跳，問他：

「為什麼？」

他簡單表示：

「我俗緣未了，而且認為在家居士也可以修行，就像你們一樣。」

「了解。」一主委嘴上應著，不過表情鬱悶。第二天晚上開課前走來告訴他：

註二：即爲淨土宗所依據的主要經典。這三經即爲「佛説阿彌陀佛經」、「無量壽經」，及「觀無量壽佛經」

「我想通了，玄天上帝也沒出家，上至帝王宰相，下至販夫走卒，大家都可以修行。」然後逕自對著學員宣佈：

「我們讀過普門品都知道，觀世音菩薩常依眾生的需要以各種身分示現，現在行虛師也將脫掉僧服走入凡夫百姓中，和我們共同努力。大家為他這個決定鼓掌好嗎？」

一些人叫好，另外的人面面相覷。

「希望我的改變不會影響大家修行的意願。我保證接下來教導的品質不會有任何的改變。」他對學員欠身，繼續昨天的進度。他知道大家終將習慣而接受。

一點沒藏私，把所有的體會表達出來。他對眾人強調，要確信淨土的存在，一心嚮往之餘，塵世的所有都可以輕易棄之如敝屣。此外：

「臨終時必須持有純淨的十念，西方三聖才會來迎接你。要怎樣能有純淨的十念呢？」

「平常練習靜坐。」一位資深的學生答。

他很欣慰：

「對，還有完全捨棄對世間的執著才能使念頭純淨又強大。」

「這也是我未來努力的目標。」他默默的對自己說。

三經講完，頭髮不只已蓄成小平頭，而且修剪過五次。穿著俗家的衣服，依次對玄天上帝、主委、學員們告別：

「十分感謝你們，有緣再聚！」

不捨的告別後重覆了幾個月前的救贖，這回沒在大馬路旁站立，直接在妙心家門口打坐，從下午二點持續到傍晚，太陽西移，晚霞輝映著全身，遠遠的聽到一大一小的腳步聲，接著小孩說：

「媽媽，我們家門口坐著一個人。」

又過兩分鐘：

「媽媽，好像是來過我們家的行虛叔叔。」

他打開眼睛，看到妙心牽著小孩站在面前，露出溫煦的笑容。

憑著行銷科畢業的學歷，順利的在一家連鎖超市找到工作，和妙心註冊結婚，小實改口叫他爸爸。如今只要下班回家轉動著門把，小孩一定邁著小腳步跑來，他將之抱起，父子兩人緊靠一起觀賞卡通，直到妙心喊吃飯。

今夜哄完小實進入夢鄉，進入臥室，妙心穿著睡衣在化粧台前梳髮，露出雪白的脖子，他又心動了，走過去親吻。一陣雲雨翻騰後直接在床上靜坐。他發現一旦滿足了身體深沉的欲望，全身自然放鬆，細胞舒張，振動得比平常厲害，可以極速的進入無我、充盈的狀態。

過了許久，出定。妙心沒睡，在一側揉著腳：

「行虛，你好厲害，我都換了三次單盤了。」

突然間腦袋裡閃過一個想法，他衝口而出：

「妳知道，我們所經歷的一切都是為了修行。」

妙心沉思一會兒後，點頭。

此刻他心裡清澈明白，在亙古的時間流中今生轉瞬即逝，只要堅持修行，總有一天必定得到解脫，妙心也是。

聯手入侵

——看不見的戰爭系列

簡介前幾集已出現過的角色

明佐……亞芳的丈夫，鏡花道場石大師之子。前世為四大天王天的「左行者」，擅長「先天火功」，今世從事貿易。

亞芳……明佐的妻子，前世為修羅王的千金，並兼修羅軍的元帥，擅長「冷功」，被尊為「冷帥」。和明佐於天界相戀，決定一起轉生人間，結為連理。

石大師……主持鏡花道場。前世為四大天王的「右行者」，和明佐是合作無間的同僚。

石太太……家庭主婦，前世為修羅軍的女將，也因為和右行者相戀，決定投胎轉世。

阿國……前世為修羅軍偏將，今世曾經和他舅舅企圖奪取「鏡花道場」，以失敗告終。

鐵王爺……前世為四大天王的守城將軍，轉世來人間修行，先在對岸被百姓擁戴成立一間鐵王廟，後因執政當局的破壞，來台灣開疆闢土。

1.

亞芳懷孕了，看著愛妻的肚子從平坦漸漸隆起至$\frac{1}{3}$的球體，明佐滿腔的喜悅，他縮短每晚練功的時間，改成在亞芳身邊躺著，傾聽胎兒的動靜，剛剛他的臉頰貼著亞芳的肚皮，被胎兒踹了一腳。

「我以為超音波的判斷是錯的。」他對亞芳說，上星期她去做產前檢查，醫生說應該是個女的。

「為什麼？」

「他的腿勁很強，不像一個柔弱的女嬌娃。」

「是嗎？」靠著床板，半躺著的亞芳立刻右腳踢出，空氣中發生悶鎚聲。

明佐笑了：

「我忘記有其母必有其女，妳還記得我們第一次相見的巷戰嗎？」

「怎麼不記得，沒有那回，我們在天上許下的承諾不知何日才能兌現。」

「是啊，幸虧被我和麗亞碰上，沒有那次的經驗，我永遠不知道妳們女孩子的功夫可以好到那種地步。」

上：

「妳們？包含麗亞嗎？」

「是啊，沒有她，我們迎戰的三角陣線少了一角，應付起來會辛苦許多。」

「我倒不這樣認為，憑我們兩人的實力絕對可以處理。」亞芳的眼睛停留在他的臉龐

「你們還有連絡嗎？」

他警戒起來：

「沒有，她出國以後就了無音訊。」

「但是你知道她出國了？」這個和他結婚快兩年的女人窮追不捨。

「那是空手道教練講的。」

「出國前沒有和你演一齣魂斷離別？」

濃厚的烏雲飄來，氣壓驟然變得很低，他連忙舉起手掌發誓。

「真的？那為什麼她會寫信給你？坦白從寬，我手中可是握有實證。」

他心中坦蕩，想到亞芳故意套話，有些生氣：

「別鬧了，我心中只有妳，容不下別人。」

看到他的表情，亞芳委屈的說：

「人家真的有證據，沒誣賴你。」她起身，拉開旁邊的床頭櫃，取出一封遞過來：

「這不是嗎？」

他一看，收件人是自己，寄件人Liya Chu，從加州寄出，但收件人地址是他的父母家。

「媽媽交給妳的？」他鬆一口氣，笑著說。昨晚他們從父母家離開時，媽媽曾經喚住亞芳，事後他問什麼事，亞芳回答只是交待一些孕婦注意事項。

撕開信封，一張照片掉出來。照片中麗亞戴著頭紗，穿著白色禮服和一旁的新郎高興笑著。沒有信函，他把照片交給亞芳。

「哦，她也結婚了。」亞芳邊看邊說：

「嗯，這個新郎長得和你有幾分神似。」接著看背面：

「哇，她還對你念念不忘，希望與你見面呢。」

他不相信。

「自己拿去看，撒謊的人是王八。」亞芳嘟起嘴說。

他探頭過去，背面的確有字，寫的是：

有機會返台時，希望和你及亞芳一塊敘舊。

「妳這個唯恐天下不亂的魔女。」他發出一聲低吼，翻過身，作勢掄起拳頭，輕輕置於她的頭兩側，俯身輕吻一下，兩片唇剛剛離開，亞芳立即伸出雙手勾繞他的頸背，把他壓回：

「魔女不准你走。」亞芳在他耳邊細語。

一番雲雨後，亞芳靠在他的胸膛，兩人微喘著氣。

「明佐，你想我們的女兒會是天上的舊識嗎？」

「可能，有緣千里來相會，無緣對面不相逢。」才回答完，他想到自己的祖父母好像前世和天界沒有關連，而亞芳的父母可能也沒有，他把這個想法講出來。

亞芳不以為然：

「也許你的祖父母和我的父母都從天界轉世的，只是他們沒有開啟前世的記憶。」說的也是。

「如果我們的女兒是天上的夥伴下來的，你猜會是誰？」

當下他想到曾和他在天王殿中比試的天王乾女兒小麗，腿勁一樣快速剛猛，不過怕亞芳橫生枝節，他沒說出反問：

「我一時想不出來，會不會是你在天上的姊妹或部屬？」

亞芳認真沉思後：

「我妹妹嬌生慣養不練功，至於我的部屬中直接聽命於我的，全部是男性。」

「也有可能上輩子是男的，這一世變成女的。」他記得司馬中原說過前世是個童養媳。

「那麼我以為是跟隨在我身旁的軍師，他了解我的心思，也會照顧我。」亞芳有了答案。

「我慘了。一個魔女已經難以對付，再多一個軍師聯手壓制，日子怎麼過呀？」他裝出愁眉苦臉。

「沒錯。」亞芳輕彈他的鼻子：

「以後要乖點，我們母女將更疼你。」她笑得很甜。

結果那晚小麗卻闖進他的夢中，醒來時猶記得天王宴中，小麗被揮舞的綵帶絆倒，他縱身一躍，將她托住，小麗順勢攀抱過來，頓時軟玉生香。

2.

亞芳的體質偏寒，怕因此影響及胎兒，她聽從明佐母親的建議，天天吃三片生薑、喝蜂蜜水和酸奶，另外兩人的餐食也常有牛、羊肉，可是如此一來使明佐的火氣更旺，他想到一個法子，靜坐完把火氣貫入亞芳體內，使自己的陰陽趨近平衡，而亞芳則體會到前所未有的暖烘，容易入眠而且睡得深沉。隔日起床後活力充沛，工作整天都不累，臉色也變得更加柔和。許多人感受到她的改變，認為這是肚中胎兒所賜。她沒有說破，畢竟這個轉機是由懷孕帶來的，胎兒的確有功勞。

明佐今天準時下班，才抵家門便接到亞芳的來電，說趕交一批貨，必須在旁監督才放心，叫他自理晚飯。他點了Uber Eats，用餐完一個小時脫掉外出服，開始靜坐。他先放鬆身體，次之放空頭腦，從丹田引氣直衝華蓋，等待頭部佈滿金光，再將金光引導到百骸，然後安處於光團中，沒多久，有一個高能量的氣團飄近，他不禁戒備起來，以光築起護體把身體包裹住，但這時那團氣也停止了，感覺能量祥和，沒有惡意。即便如此，心中仍有罣礙，不到平常一半的時間，他把光收起，張開眼睛，果然是鐵將軍，在五公尺外的虛空對他微笑著。

「我猜是你。」他對鐵將軍說。

「不好意思，打擾了。」鐵將軍滿臉歉意：

「有事找你商量，不巧碰到你在練功，乾脆在旁等候。左行者，你發出的光比以前厚實，又更上一層樓了。」

他搖頭：

「俗事分心，如果有進步也只有一點點，不能和你相比。」

鐵將軍也搖頭：

「創業維艱啊，這幾個月來忙著掃蕩整座山的鬼魅、羅剎，耗盡了我大部分的心力，恐怕我的修行不進反退，不過可以確保現在我的信眾到鐵王爺廟參拜時不會受到干擾了。」

「恭喜，大功告成。那有什麼事需要我效勞？」

「其實我是受一位女神拜託而來。」鐵將軍現形，笑得有些曖昧：

「人長得帥就是不一樣。」

「別開玩笑，我不認識什麼女神。」心裡想，認識鐵將軍這麼久，第一次看到居然也會不正經。

「這是真的。」鐵將軍恢復肅穆的神情：

「記得你最早造訪我在市區內的小廟嗎？」鐵將軍問。

「記得。」

「那你還有印象，當你和冷帥從那間小廟走出來，看到一個街廓外有一間大廟，你們特地繞過去看一下？」

他想起來，那間廟座落於大馬路旁，從路面要走一層樓的階梯才抵正殿，氣勢宏偉，更特別的是，廟頂豎立著一尊仙姑像，他點頭。

「你沒有進去，但是說了一句話，對吧？」

他腦中一片模糊，只記得亞芳說：「原來是間女神廟，我們回去吧。」

他對鐵將軍茫然搖頭。

「以下是仙姑轉述的。當時你說，不知道鐵將軍有沒有敦親睦鄰來拜碼頭？」

「好像有。」他往記憶中搜尋後回答。

「就是這句話引起仙姑的注意，她就記住你了。」

他在心裡嘀咕一下：「厲害」。嘴巴問道：

「她要我做什麼？」

「她的仙姑廟下個月將改選委員，但在一年前她發現一些有黑道背景的人陸續登記成法人會員，積極參與廟務，並已取得現任主委、副主委的同意，答允退讓，使他們取得該廟的控制權。」

雖然他聽過類似的情況，可是一直搞不懂：

「你們神不是很有辦法嗎？可以藉著託夢或其他無形的來影響這些廟務人員，改變他們的想法嗎？」他問鐵將軍。

「仙姑說她都用過了，左行者，你也知道沒有修行的人感應力差，也不是每個神都能任意入到別人的夢中，即使在日常生活中對凡夫顯示一些異常，他們也難以聯想到神的用意。仙姑怪她自己太關注於信徒的祈求，等她發覺事態嚴重時，這些人已經形成同盟，難以撼動。」鐵將軍嘆口氣：

「我也去探討過，其中盤根錯節，非常複雜，我以為這其中包含著利益勾結、脅迫……等等，超過我們這個次元的想像。你知道，廟務是需要凡人來運作，如果這些人聯手，神也無可奈何。」

「那我這個凡人又能幫什麼忙？」他不解。

「你不是一般的凡人，你是神人。」鐵將軍馬上回他。

「別給我戴高帽子了，你說吧，我考慮看看。」此時大門那頭傳來聲音。

「冷帥回來了。」鐵將軍告訴：

「我不知道仙姑的後續計畫，目前她希望你下個星期天去仙姑廟一趟，屆時該廟的乩童許先生會接待你，好嗎？」

面對前世的同袍和今生好友的請求，他答應了，鐵將軍如釋重負：

「我不跟冷帥打招呼了，後會有期。」話畢一溜煙走了。

幾乎同一瞬間，亞芳拉開房門問道：

「吃過飯了嗎？」

3.

明佐依約前往，於早上10:30先到舊的鐵王廟，鐵門深鎖，牌匾已無，騎樓柱子貼著遷移啟事。他延著門前小溪往上，沒多久看到六樓高的仙姑廟，廟頂的仙姑朝他露出微笑，階梯前站立一個穿短袖淺灰色中山裝的男人，鄰近時那個男人以尊敬的口吻問：

「是石先生嗎？」

他點頭：

「那麼你是許先生？」

男人約五十出頭，看起來忠厚老實，對他壓低聲音：

「我帶你參觀，之後到我家坐坐，好嗎？」

他根本毫無頭緒，當然同意。

走了一樓高的寬廣階梯抵達正殿前，他注意到左邊沒設「五營」的小亭，跨過門檻，五層樓高的大殿中央就是神像，和屋頂上的一模一樣，穿著的服飾如同欲界天的仙女。

「左行者，你來了，謝謝。」耳邊傳來蚊子般的聲音，輕脆悅耳。

他朝神像作揖行禮，禮畢目光瀏覽，右邊副壇供奉著註生娘娘，左邊卻是大眾爺，心底猜測，莫非當初仙姑降服了這一干聚眾的遊靈，才建立起這個基業？

主殿後方設天井庭院，中間的池塘中粉紅色的荷花正美麗綻放。池塘的右方是大辦公室，泡茶區外有六張小辦公桌，排成三列，最後面為兩張大辦公桌，目前裡面有兩人埋首在小辦公桌上，一個人在大辦公桌前講電話。

「講電話那個人就是我們廟的顧主委。」許先生靠近來耳語。

池塘的後方另有一小殿，供奉著文昌帝君。左廂放置著一頂八人抬的大神轎、令牌、旗幟……等出巡用具，還有一頂手轎，用來扶乩。

「我們廟雖不大，建造成本卻不輸大廟，你看……」許先生指著雕樑畫棟：「那些全部是檜木所刻，而仙姑神像則為道地的金身。」許先生露出驕傲、崇敬之色。

明佐細看那些雕功確屬一流，不過相比之下，他更喜歡新鐵王廟的樸實沉穩。

參觀完，兩人經過三條街，走進傳統菜市場旁的一間金紙舖內。

「某耶，石先生來了。」許先生對店內喊：「妳去準備午飯吧！」

兩人先在一張老舊桌子旁坐下，許先生打開桌旁置物架上的小電磁爐煮熱水，再從後面櫃子拿出茶盤、茶具和茶葉罐，泡起老人茶。

「我能幫什麼忙？」他拿起小茶杯喝一口問道。

「仙姑沒跟你說嗎？」許先生很訝異。

他搖頭，不想扯出鐵將軍。

許先生楞一下，先敘述仙姑廟的困境，接著說：

「仙姑的計畫是這樣子的……」這顯示出這個乩童貨真價實，能夠聽到仙姑的指令。

按照許先生所說，並不複雜，就是下來第三個星期日選舉委員時，麻煩他再來一趟，登記參選，仙姑希望他當任下一屆的主委，掌控以後仙姑廟的運作。

他完全沒有料到，立刻衝口而出：

「不行。」

「為什麼？不是溝通過了嗎？」許先生氣急敗壞。

「真的沒有，仙姑只是托人帶話，要我來這一趟。」

許先生想了一會兒：

「這是仙姑的旨意，你不能配合嗎？」

他耐心和許先生說，他住在台北，路途遙遠，平日上班，太太不久要分娩，實在抽不出空，況且對廟務陌生，也沒興趣。

許先生閉起雙目，明佐看到許先生的藍色氣體聚在天眼和雙耳，可能和仙姑在對話，不久許先生張開眼睛：

「仙姑說她找另一尊神來和你商量。」

許先生才說完，他聞到一股淡淡的清香，仙姑駕到，下一秒，鐵將軍也到了。沒有厚重身體羈絆，速度極快，令有凡夫身子的他心生羨慕。

「左行者不必羨慕，我們也有我們的限制呀，這不是需要你的幫忙嗎？」

「說的也是，大家都有自己現實上的考量與限制。」他將方才回覆許先生那一段話傳過去。

不過須臾，這兩位神已有結論。鐵將軍對他說，主委將另外擇人擔任，但仍麻煩他三個星期後再跑一趟，參與委員的選舉，並擔任副主委。

「你做副的就好，一個月開一次會，不會花費太多時間，仙姑千拜託、萬拜託呢。」鐵將軍和仙姑一起向他拱手。

他勉強同意。這個過程前後十來分鐘，兩位神飄走不久，許太太從裡面喊著：

「吃飯了。」

許先生帶他走進後面，介紹許太太和他認識。許太太穿著樸素，看起來是個勤勞又顧家的好女人。餐桌上已經擺著白斬雞、煎魚、滷豆腐、炒青菜和味噌湯。

「許太太神仙妙手。」他不禁讚嘆。

許太太卸下圍裙，笑笑搖手：

「全是錢伯的功勞。」

見他一臉懵懂，許先生解釋：

「只有青菜和湯是伊煮耶，其他是從菜市場買回來的。」

他這才恍然大悟。

又到了一個月兩次去父母家晚餐的時刻，眼看開飯在即，再不出發就趕不上，亞芳姍姍來遲。

「我們叫計程車吧！」他建議。

「不必，我和媽媽講了，會晚廿分鐘到，況且走路對我和胎兒都有益呢。」亞芳對他嫣然一笑。

他們牽著手，漫步在夕陽下。最近這個禮拜兩人都忙，全無外出的機會。他側看妻子美麗的臉龐和隆起的肚子，想到再幾個月就要出生的女兒，一定婉約可愛，不由得露出滿足的神情。

亞芳朝他微笑：

「有後悔從天上下來嗎？」

「哪會，這正是我想要的。」

說完兩人更加十指緊扣，進入父母家門，媽媽和阿嫂立刻跑過來對亞芳噓寒問暖，關懷東、關懷西。

晚上餐食有燉羊肉，很合亞芳的胃口，她盛了三次，媽媽笑吟吟的說：

「太好了，我們亞芳全無害喜的困擾。」

「都是媽媽指導有方又常給我補氣。」亞芳嘴中塞滿食物，語音含糊，拿筷子比著羊肉鍋。

「我看跟胎兒的性別有關，女性賢淑安份，男娃好動，明佐這小子就常在我肚子內拳打腳踢，使我不舒服。」媽媽笑笑的看過來。

「媽，妳未來的小孫女腿勁也不含糊呀。」明佐立馬回應：

「人家說有其祖母必有其孫。」

「怎麼全都變成我的問題了。喂，大師。」媽媽轉向爸爸：

「你主持一下公道。」

爸爸一直維持有趣的表情綜覽全局：

「發生在這間屋子內的事，一向是妳說了就算數，別扯上我。」語音方歇，爸爸想到另一種可能：

「也許又有一位天女想下凡了。」

其他三人一齊點頭。爸爸轉提另一件事，他說，有一個學員搬新家，喬遷之日極力邀請他，盛情之下他只得答應。新家裝潢採現代古典風味，乍看下很有氣質，不過氣氛有點詭異，也說不出到底為何。參觀到神明廳時，他發現原因了，案桌上大喇喇坐著一個在地夜叉，矮小肥肚，耳朵尖長，正愉快的大快朵頤，而學員的祖先反而在旁邊畏畏縮縮，望之垂涎欲滴。

爸爸說他看不慣，以幫學員調順氣場為由，在角落閉目坐下，靈魂出竅和那個喧賓奪主的夜叉溝通。夜叉嘲笑他多管閒事，勸阻不聽後只好亮出寶劍威嚇，要夜叉善待該戶祖先，且庇佑學員全家。否則立即驅離，若驅離後膽敢返回，則殺無赦。

他知道父親的能耐：

「夜叉一定答應。」

爸爸點頭。

「但是倘若夜叉故態復萌，怎麼辦？」

「我也想到這點。兩天前是九九重陽節，按照習俗，學員家人會豐富祭祀，我出竅去看，發現夜叉和學員祖先一塊共享祭品，十分欣慰。」

明佐聽了很歡喜，然而：

「爸爸，您看這種鳩佔鵲巢的現象會不會很普遍？」他問。

「我猜極有可能。終究食物的香味和祭拜的炷香吸引著這些生靈。只能希望他們和睦相處啊。」爸爸發出一聲嘆息。

他隨之想到仙姑廟即將舉行的委員改選，現任主委要將廟宇拱手讓予黑道大哥，不禁感傷世道的衰微。

回家路上，亞芳認為爸爸應該把夜叉驅離，還給學員祖先公道。

「趕走了再回來呢？」他反問。

亞芳比著斬的手勢。

「殺了後另一個又來強佔，是不是沒完沒了？」

亞芳不語。

「所以達成協議是個好辦法，而且夜叉力量勝過一般祖先的靈，假使能因此幫助到學員家人未嘗不是樁美事。」

「還是感覺怪怪的。」亞芳搖頭：

「一些不同的靈交錯、混雜在一起。」

經歷過上次鐵王廟事件，明佐有不一樣的看法：

「這個器世間本來就不是人類專有，遊魂、羅剎、傳說中的魔神……，大家共處，高一等次元的靈更可以來去自如。何況……」這個結論在他心中盤踞了一段一段日子，他衡量一下，索性說出：

「人們會祭祀或拜拜，有相當的原因是不滿足現狀，希望得到祖先或神明的庇佑，所以自己將門戶洞開，無論是有形的居住空間或是無形的心靈空間。」

「你是說，其實這些都源自人們的召喚？」

「沒錯。只不過一般人的修行不夠，無法分別召喚來的或祈求面對的是正或邪？祂們的能力夠不夠來的是他想要的或根本是個冒牌貨，如此而已。」

「好像有些道理。」亞芳低頭思考著。

4.

仙姑廟委員改選日終於到來。

明佐一早搭高鐵於10:00踏入廟門，裡邊已擠滿一推人，分成幾個小圈圈，各自交談著。他踮起腳尖四處張望，遍尋不著許先生，卻看到一張熟面孔在註生娘娘神壇前對他笑著招手，他捱著人群的肩膀走過去：

「你怎麼在這裡？」他問大輪金仙宮的阮宮主。

「我們到後邊說。」阮宮主和他耳語，領他到荷花池後的文昌帝君廳前，十幾個人聚在那頭，先後對他打招呼。他細瞧，認出一位鐵王廟的李董事，其他的似乎也曾見過，李董笑著和他握手，一一介紹那些人，都是鐵王廟的信徒。

「我們分成兩批，十點廿分前還有一大票人要來。」李董告知：

「鐵王爺半年前就請明筊廟祝囑咐我們陸續加入仙姑團財團法人的會員，才有今天投票與被選舉的資格。」

「可是……」明佐想到自己三個星期前才造訪仙姑廟，今天如何參選？他講不下去，李董看他講一半，露出困惑的表情，於是拍拍他的肩膀：

「一切全憑鐵王爺和仙姑做主，我們凡夫有神明當靠山，必然沒有障礙。」話畢又接一句：

「何況石先生您是一位高人。」

他連忙搖手：

「不敢當，我和大家一樣，都在學習。」

他問對方鐵王廟的近況，得知香火鼎盛，十分歡喜。心中盤算著，如果下午有空的話，去見老友。

廟裡的人越聚越多，不久李董望著入口處，微笑的豎起右掌和人打招呼。

「他們全到了。」李董和大家說。

十點半擴聲器響起：

「歡迎各位信徒代表回來仙姑廟，現在請大家到大殿集合，我們即將選舉下一屆的委員。」

明佐和李董一行人從左側後門進去，站在大眾爺神壇前。

「有請現任顧主委講話。」擴聲器又傳出。

一個六十出頭、中等身材的人拿著麥克風站到大神桌前，操著台灣國語述說這兩年辦過多少活動，包括仙姑聖誕慶典、出巡、普渡、問事解惑、和救濟貧困、發放助學金……等一些慈善事業。

「比起上一屆，我們仙姑廟所出的濟貧金從五百萬成長至八百萬，獎學金從三百萬增加到六百一十六萬，另外我們贊助別的公益團體從一百五十萬擴大至三百廿三萬，詳細財務報表請大家有空去看佈告欄。」

廟裡響起如雷掌聲。

「那麼我們休息十分鐘後就開始下一屆的委員選舉，我本人只做到這一屆，期望交棒給一位才德更甚於我的人，這就有勞大家的幫忙了，還沒有領取投票單的會員請快去櫃台核對身分、拿單，拜託了。」

這時廟裡的乩童許先生走過來，低聲和他說：

「石先生，你看右側入口處的那批人。」

明佐抬頭一望，不知何時一大票黑衣人擁進，迤邐至中庭，看來仙姑的顧慮是有根據的，這次的陣仗和上回鐵王廟的不同，上回是凡人與看不見的生靈對峙，這次則是凡夫的巧取豪奪。才想完，心底發出一個聲音：

「可是目標是神界的領域啊。」

他有不祥的預感。

十分鐘很快就過去。另一個人拿著麥克風走到神壇前，此外兩個工作人員抬出一塊白板。

「你們拿出手中的選票，每張票可以填寫兩個名字，寫好後投入前面的票箱，接著我們公開唱票，以拿到最多票數的前九名為當選。」拿麥克風的人說。

話畢，許多人交頭接耳，傳遞著原子筆。他們這票人早已商量好，毫不遲疑的寫下。緊張的時刻到來。一個工作人員當眾把票箱打開，倒出箱內所有的票在一條長桌上。

「有請林副主委為我們唱票。」

一個瘦小、看似拘謹的人越眾而出，把選票一張張拿出來，展開給大家看，並大聲唸：

「李建欣，石明佐各一票。」

工作人員在白板上寫下名字，在底下畫下一槓。

「胡雲修、趙霓宏各一票。」

許先生細語：

「那是對方的頭頭。」

唱至一半，被推舉的有十六位，不過比較有競爭性的大概十一個，他們名下都累積了十來個正字標記，漸漸的桌上選票剩下約五分之一，而九位高票者明佐這一方佔了五個。林副主委的眉頭越皺越深。

終於選票全部揭曉。李董這一方率先鼓掌，帶動殿內泰半的人跟從，只有右側門一片靜悄悄。

「慢著。」有人透過麥克風喊著，原來是顧主委：

「經核對當選名單，這位石明佐先生。」主委用雷射筆圈出白板上他的名字：

「石先生三個星期前才加入會員，不具備選舉資格，所以當選無效，理應由第十位的邱先生遞補上來。」

此時右側原本靜默的那班人轟然叫好，幾乎把廟頂掀翻。

許先生走到主委旁，向主委要來麥克風，對大家說：

「我從十七歲擔任乩童，到今天卅多年了，你們覺得我有沒有和仙姑溝通的能力？」

「當然有。」信眾大聲肯定，連主委都點頭，請工作人員拿來另一支麥克風，對許先生說：

「我們都感激你，也希望你繼續為仙姑效力、為信徒服務。」

「仙姑對我有恩，我一定為她老人家鞠躬盡瘁，死而後已。但是仙姑要我現在和你們說，這位石先生是仙姑指定的，你們不能把他除名。」

頓時主委張大嘴巴，黑衣人當中有人先喊：

「騙人！騙人！」

緊接著黑衣人一齊叫囂起來。

許先生不慌不忙：

「沒關係，你們可以懷疑我說的話，那麼我提議由主委親自向仙姑擲筊，以三個聖杯來決定是否為真，你們說好不好？」

「不好！不好！除名！除名！」黑衣人又鼓噪。

許先生沉臉、聲音變大：

「放肆！這裡是仙姑廟，我們要聽你們這一群穿黑衣的，還是聽仙姑的？」

「聽仙姑的。」除了黑衣人，信徒皆應道。

事情發展到這個地步，顧主委沒有第二條路走，對黑衣人方向擺擺手說：

「我們做弟子的當然遵從仙姑的指示。」於是從神桌上拿兩個特大號的筊，跪在坐墊上，雙手捧筊在頭頂上大聲禱告：

「仙姑在上，讓石明佐先生出任仙姑廟的委員是仙姑的旨意嗎？」說完雙手往上拋，一正一反，是聖杯。

許先生幫忙撿起，交回主委手中。主委重複唸一次，再拋，也是聖杯，就在此刻，明佐察覺大眾爺神位泛起薄薄的灰霧，兩個持狼牙棒的藍色地形夜叉現身，他知道有事即將發生。他請李董和幾位鐵王廟的朋友將他圍住，他馬上盤坐於地，在主委高舉雙手準備擲筊時，他的靈魂出竅了，仙姑正被兩個藍夜叉夾住，死纏爛打，而在主委身邊另外站著一個地形夜叉，頭上冒著綠火焰，眼睛一個生在頂門，鼻子也怪異，伸出一對類似蝸牛的觸角鬚，形像嚇人，手中持著一隻細竹棒，用意明顯。看到他的靈體飄出，歪嘴笑著，一點都不在乎。

顧主委第三次將筊拋出的彈指間，明佐的靈體以迅雷不及掩耳的速度衝出，左手把綠火夜叉的竹棒奪下，右手將該夜叉震出老遠，雙筊落下時，他蹲著好整以暇的接住雙筊，一正一反的擺放於地，現場爆出熱烈的掌聲。

「許先生所言不假呀，他真的能和仙姑溝通。」許多人竊竊私語，心中都以為有許先生這樣的人在廟裡，是大家的福氣。

大局底定，兩個藍夜叉放下狼牙棒，停止攻擊，呆立在現場，綠火夜叉走過去拉他們，兩個藍夜叉回過心神偕同綠火夜叉恨恨的瞪明佐一眼，一塊飛走。

這下子無可爭議。明佐這邊九席佔了五席，李董和明佐當選為主委和副主委。顧前主委請明佐講話，他所言甚短：

「承蒙仙姑的信任和大家的不見棄，我將盡力輔佐李主委，將仙姑廟的傳統精神發揚光大。」

李主委則有備而來，從西裝口袋中拿出兩頁，逐一朗讀。大輪金仙宮的阮宮主擠到他身旁，對他豎起大拇指，小聲說：

「你有先見之明。」

他猜，阮宮主可能是在場唯一能看到他靈魂出體的人，笑笑的回答：

「幸好來得及。」

「仙姑和鐵王爺找您來是對的。」阮宮主稱讚道。

說到鐵王爺，這個叫他來的始作俑者，今天怎麼沒見到？

「你有看到鐵王爺嗎？」他問。

阮宮主搖頭。

他看一下手錶，不知廟裡還有什麼事需要他處理？如果時間夠，既然來到這裡，應該走一趟鐵王廟。結果速度比想像的快很多，前顧主委緊接著辦了交接儀式，把印章和帳目交給了新任，在全體信眾的見證下全部完成。

李主委和新當選的其他委員握手致意，他們這一方五位俱笑臉相迎，而對手的四位則臭著臉，顧前主委說早先就訂好了附近的餐廳，邀請前後任委員一起用午餐，順便交換對未來發展的看法，但是遭到黑方的四位委員拒絕，率領黑衣人一哄而散，顧前主委表情黯然。

「不如我們自己慶祝？」李主委提議。

他們這邊和一些未離去的信徒都道好，明佐一早從台北出發，折騰至今也餓了。餐廳距離不遠，送上的台式佳餚十分可口，他飽食一頓，宴席接近尾聲，他去洗手間，從小便斗上方的小窗湊巧看到對面巷口有幾個黑衣人在徘徊張望。他大約猜到下來將會發生什麼事。返回餐桌衡量在座的人，主委那幫不是商賈就是公務員之類，恐怕派不上用場，唯二身子較精壯的，只有許先生和阮宮主，他不禁在心裡搖頭。

散會時他問許先生和阮宮主有興趣一同去鐵王廟嗎？兩人欣然應允。阮宮主說可惜，他的車子壞了，今天坐計程車來的，不然可以搭他的車。於是明佐叫了Uber，三人坐上車時，對面巷口一陣慌亂，不久從照後鏡看到出現三輛車子，一路跟隨。許、阮兩人也注意到了，車內氣氛驟然變得沉重。Uber駛出市區，走上蜿蜒山路到達一個寬闊的轉彎處，後邊一輛加大馬力超越他們，橫跨於前頭，阻擋了他們的去路，車門全開，走出五人，不用回頭也知道，後面的車子也必然如此，一場打鬥已不能避免。

他率先下車，還好，這十四個黑衣人沒拿傢伙。許阮兩人隨後跨出，眉頭深鎖，但沒現出畏懼。

「不好意思，連累你們了。」他對兩人說，滿懷歉意。

「哪裡的話，讓您從台北下來還要面對這種爛事，是仙姑廟虧欠您。」許先生反而向他鞠躬。

「不用怕，這裡可是我大輪金仙宮的管轄地。」阮宮主挺起胸膛，有一肩挑的氣概。

帶頭的黑衣人不耐煩了：

「喂，你們三人聽好，冤有頭債有主，我們只找姓石的，其餘兩人識相點，閃一邊去，免得遭受池魚之殃。」

「我們三人是一塊的，你們想幹什麼就來吧，廢話少說。」許先生朗聲回道。

「嘿嘿，不愧是乩童，有氣魄。姓石的，你剛剛很屌啊，靈魂出竅擺弄了神筊，現在怎麼變成了縮頭烏龜？」那個黑衣人繼續發話。

明佐這才明白，原來對方也有人可以看到靈體。繼之又自己罵自己笨，既然可以請動夜叉來幫忙的，絕非普通人，莫怪這群人非得要教訓他。

「我的頭一直來就是挺直的，你們怎麼不提三個夜叉干涉擲筊的事，如果沒有夜叉干擾，我也不會出竅。」

許先生能夠聽見仙姑的聲音，卻無法看見靈界，當下才知道原來仙姑請來的這個年輕人也是一位神通者。

這群黑衣人卻聽得丈二金剛摸不著頭腦，面面相覷，明顯的，他們只知其一，不知其二，看得見的人不在這當中，或者他現在不願意曝光。

「廢話少說，我們大哥就是要教訓你，其他兩人快走開，否則就不要怪拳頭沒長眼睛，兄弟們，上吧！」

明佐朝著前邊，許、阮面向後方，擺好陣式應付兩端要來的夾擊，這時他看到山上一團紫氣極速飄來，耳際也聽到仙姑傳來的聲音。他放鬆了，等著看好戲。

果然不出所料，衝向他的五人突然不能動彈，好像被人釘在木板上，他看到鐵將軍倒執劍柄，一一敲他們的頸部，五人隨即軟綿綿的癱於地。回頭看後方，不只仙姑而已，大輪金仙也駕臨了，九個道上弟兄被無形的力量一下子拉向東、一下子拉向西，一下子仰頭，一下子俯腰，有如打醉拳般，好一幕世間稀有景像。操練了約十分鐘，他聽到鐵將軍跟仙姑、金仙說：

「差不多了，他們應該知道了。」

仙姑收起她的仙拂，金仙放下他的金鎚，九個人趴在地上喘息。其中一人領先合十，顫抖的雙手朝向天空，跪拜磕頭：

「神明在上，請饒命啊！」

其餘八人見狀，加入效法，一時之間磕頭和饒命聲此起彼落。

「知錯就好，不要再誤入歧途，你們走吧！」明佐下了逐客令。

這群人急急爬起，跑向他們的車子。

「等一下，你們不能丟下同伴不管。」明佐指著躺在地上的另外五人。

他們摸著鼻子，畏首畏尾的走過來，兩人合作攙扶一人，忽然，前頭的車子自動轉向朝著來時路，把這些人嚇得杵在原地，好一陣子不敢動彈。

他猜，這一定是鐵將軍的傑作。阮、許兩人見此，不禁笑了。

「到廟裡用茶吧，左行者。」鐵將軍對他說。

「正有此意，待會見。」明佐以意念答覆。

「左行者，謝謝你，我不妨礙你們敘舊，先告辭了。」仙姑表達後金仙也跟著走了。

他們三人回到Uber車上，司機驚惶的問：

「你們剛剛出了什麼事？」

「沒什麼，那三台車的人對我有些誤會，說清楚便沒事了。」他故意平淡的回答。

「可是……可是……他們東倒西……歪……」

「有嗎?你眼花了。」他強忍著笑意。

「是啊，他們都正常走路呀!」阮宮主也附合。

「真的?真的?」司機連問兩次，一副不可置信模樣。

「真的。」這次三人一起回答。

「哦。」司機搖頭又拍頭，好像藉此使自己清醒過來，然後啟動車子。

到了鐵王廟，廟祝明笙已在廟口等候，引導他們到會客室，廟裡的志工把茶、花生、糕餅放在茶几上，明笙陪他們坐下:

「請用，這些都是信徒的貢品。」

聊了一陣子，阮宮主知道鐵王爺要和明佐私聊，便問許先生:

「你來過鐵王廟嗎?」

許先生搖頭。

「那麼我們帶你參觀。」阮宮主指著自己和廟祝。

「求之不得呢。」許先生欣然同意。

三人一離開會客室，鐵將軍就開口了:

「左行者，抱歉今天沒去仙姑廟，我這邊也發生一些事。」

「大約一星期前……」鐵將軍說他陸陸續續看到一些地形夜叉出沒在附近山林內，夜叉不像羅剎會侵犯人，但不免納悶所圖為何。今天清晨五個先鋒夜叉闖到廟前和他的五營起了衝突，而且在樹林邊界站著另外的十五個夜叉，遠遠朝廟觀望。他擔心這些夜叉一下子總動員，所以不敢離開。

「你猜他們何時散去？」鐵將軍問。

「當我們來到半山腰？」明佐回。

「好一個左行者。」鐵將軍稱讚：

「看來他們只是想牽制我。」

明佐也把在仙姑廟發生的事告知：

「既然地形夜叉已和黑道聯手，那麼今天雖沒得手，下來不知道將瞄準哪一間廟宇？」

兩人俱憂心忡忡。

5.

亞芳順利產下一個漂亮的女娃。當明佐從護士手中接過，嬰兒居然睜著眼睛看過來，嘴角露出笑意，他有些明白，也笑著以下巴輕觸女兒的額頭。

亞芳恢復得很快，第二天就以視訊指揮工廠，一個星期後堅持離開月子中心，明佐母親不放心：

「那麼怎樣調養產後的身子？」

「媽，沒問題的，我已經訂好月子餐。」

「妳打算開始工作？」

「是呀！」亞芳笑得很甜、很開心。

「可是……Baby 怎麼辦？」

「媽，我們請了保姆了。」明佐插嘴。

「帶去工廠上班嗎？」媽媽又擔心起來。

亞芳點頭：

「我將在工廠隔出一間育嬰室。」

母親不假思索：

「不如讓保姆和Baby白天來我家，妳下班後接回去，這樣子好嗎？」

明佐在心裡直呼「這樣子最好！」可是沒有表露，沒想到亞芳隨口答應了，讓他放下心頭的大石。

亞芳乳汁分泌豐富，晚上餵飽Baby後，能夠再擠出幾袋冷藏，早上上班前重複一次，這些遠超嬰兒所需，沒幾天冰箱便塞滿了。她上網查乳汁捐贈中心，約好每兩天在上班前，中心派專人到家裡收取。亞芳也開始實施身材雕塑計畫，不到兩個禮拜就把增加的腹部肥肉全部剷除，而因為哺乳的關係，胸部益發高聳，她抱怨走在街上時男人常對她行注目禮，面對面和客戶討論事情時對方的眼睛總偷偷的瞄向那邊。明佐不怪這些男人，因為連他自己都性趣大發，差不多每隔一天，兩人便巫山雲雨一番。

今晚柴火澆滅後，亞芳枕著他的臂膀問：

「該給Baby報戶口了吧？」

「是啊！」他知道下來亞芳會說什麼。她給娃娃取了許多名字，像思綺、子晴、品好……等，他都不置可否，心裡以為名字當中要有「麗」字，但又不敢說出，怕她聯想到麗亞—她認為的情敵，所以他委婉建議，不如亞芳把手中的名單輪番對Baby稱呼，看看女兒的反應。她覺得是個好主意，不過試了一段日子後沒有認同的跡象回饋，心中有點沮喪。他安慰她，不急，慢慢再想。

「你知道嗎？我今天早上想到一個名字，剛剛來拿叫Baby，有明顯的回應。」亞芳說。

「真的？什麼名字？」他迫切的回問。

「明莉，石明莉。」

他不禁笑了。亞芳瞪他一眼：

「你別想歪了，莉是草字頭，下邊利益的利，不是你心中所想的美麗的麗。」

他連忙答覆：

「我可沒往那邊想，我只是高興塵埃落定了，以後可以叫女兒『小莉』而已。」

「那就好。」亞芳一副沒好氣的神情。

仙姑廟固定於每個月最後一個星期六開委員會，明佐懊惱淌了這趟渾水，因此被綁住一整天。後來他要求將會議提早至早上9:30，長話短說，一個半小時解決，那麼他能趕上

12:00的高鐵，回到台北父母家大約在下午1:15，讓小莉回到他的懷抱，免得小小年紀的她悶悶不樂。

這次他在會中又提出進階的方案—視訊會議。大家在任何地方只要約定時間打開電腦便能參與，省了旅途奔波，出席的只有七人，他們這方五人全員到齊，而黑方雖當選四人，但從第一次委員會召開時只剩二人出席，說不定這二人不久也會消失。他揣測，有可能沒來的是黑道的頭頭？那天選舉時人擠人，一片混亂，他沒看清楚另外兩人的長相。

李主委回應：

「我年紀大了不會用電腦，石副主委，在座的人除了你外，胡、趙兩位也都住台北，對你們三人來說的確有些辛苦，不過你最年輕，不像我和謝委員都是老骨頭，我總覺得開會時面對面可以增加情感，會後吃飯閒聊也有機會激發一些創意，一舉數得。」

兩位他們這方的委員附和，乩童許先生則站在他這邊，許先生說：

「不會的人可以學，我也不會，但我想趕上時代潮流。」

他聽了十分感激，意料之外也之中，黑方兩人也同意，這下子變成四票對三票，李主委傻眼了。

明佐斟酌一下，做點修正：

「其實視訊會議很簡單，大家都買蘋果電腦，在開會時間不能趕到的人拿出電腦，使用apple meeting的功能，就可以面對面開會。所以假使你們習慣在廟裡辦公室開會，你們照常來，而我在家裡同時擺出電腦，我們便可在空中舉行，真的不難。我一年中起碼會抽空兩、三次南下，和大家聚在一起聊聊。」

許先生對他比出大姆指向上後拍掌，其他人跟進，這件事於乎定案，他開始假想，他邊抱著小莉餵奶瓶，邊和委員們開會，不知這些人會不會皺起眉頭？

「下個月廿五便是每年仙姑出巡的日子，我們依循慣例，走同樣路線，上星期已貼出公告並去信給登記在案的義工們，希望一切順利，趙委員和胡委員，你們說呢？」李主委把目光瞄向黑方的代表。

胡委員皺起眉頭，顯得惱怒，趙委員低下頭，小聲回答：

「我當然……當然……也希望……順利。」

明佐從第一次參加委員會以來就覺得趙先生有些面熟，現在靈光一閃認出來，這個姓趙的極像那天選舉完去鐵王廟途中遭遇攔截時，站在黑衣人群後頭，帶著墨鏡和鴨舌帽，指揮的那位。如果是的話，他猶記得這位帶領人出拳一半被仙姑先凍住，再牽引的情景。

「趙先生應該體會到神力的能耐了。」他想。

散會時他進入大殿向仙姑道別之際，回憶起選舉日大眾爺牌位飄出夜叉之事，特地走到前面觀察有無異狀，他聽到背後有腳步靠近，以為是許先生，不料說話聲音帶點邪氣：

「石委員，你那天靈體出竅，好不威風呀！」

他轉頭，胡委員板著臉，雙眼瞪過來，直接對焦他的瞳孔，他想閃躲，已經來不及，姓胡的眼內發出一道閃光。

「好傢伙，你也來這一套，今晚將有好戲登場了。」他甚至有點期待。

6.

胡雲修住在大廈的頂樓，早上起床先靜坐，繼之打了一趟太極拳，外傭已將他的早餐備妥，他一面吃一面翻閱報紙。

「先生，今天要準備什麼去拜？」這個有一半華人血統的中年婦女問。

「有什麼水果就拿什麼。」他沒抬頭，過幾秒鐘：

「嗯，做一盤炒蛋吧，妳中午也可以吃。」

鍋子聒聒作響，不一會兒炒蛋的香味傳來，他嘴饞了：

「Nancy，也盛一盤給我。」

吃完按客廳旁小房間的密碼，他把水果籃和炒蛋端進，放在左端「夜財神」的案桌上，摩里夜叉笑臉大開，伸出豬鼻猛力吸著。右邊「羅財神」不在，他走近，昨天睡前所放的一碟雞血腥味猶在，他有些不快，拿起來去洗槽把它沖掉。

「這個羅剎穆苛已經好幾天沒回來了」。他悶悶的想，到夜財神桌子前，打開抽屜，取出一支香點燃，放在香盤上。

摩里猛吸幾口，滿意的拍著肚子說：

「飯後一根煙，快活似神仙。」

他沒答話，轉身就走。

「喂，修爺，別對穆苛指望太多，你供給那點血液滿足不了他的大胃口，不像我胃口小又對您忠心耿耿，但是你承諾的廟宇呢？我那群兄弟都在巴望著。」摩里說到最後看到他走到門口，於是放大嗓門。

他聽了腎上腺素激增，一下子身子暴漲兩倍，頭頂彎折貼著天花板，怒眼回向，摩里嚇到了，畏縮成一團球，顫聲道：

「我只是……是……提……醒，不必這樣生氣。」

這才像話，他回復原形，轉身冷冷道：

「第一點，叫我修仙。第二點，人間事急不得，上次如果你多派些人手也不至於功虧一簣，你才是該負責任的傢伙。」

「是……的，修仙，我會記取教訓。」摩里把頭埋在肚子裡，聲音微弱。

「就算取得廟，也不屬於你的，我才是實際的掌控者，你不過跑跑腿，享受香火而已。」他心中咕噥著。

修仙的公司在南京東路上一棟中古辦公大樓的最高兩層，走出十二樓電梯，秘書小姐立刻站立遞給條子：

老師在裡頭等您。

「又來了。」他眉頭微皺。

走進自己的大辦公室，阿國坐在他那套精心鑄造的鐵製椅的主位上，翹著二郎腿品茗著，他更加不快，但仍然擠出笑容：

「老師，您來了。」

阿國點頭：

「喂，阿修，這個墊子還沒換？上次跟你說太薄了，坐起來不舒服，而且還沒到冬天，坐下屁股就涼涼的，萬一寒流到了，那還能坐嗎？」

一見面便囉哩囉嗦。

「老師，照您的指示早已訂做了，不曉得廠商怎麼搞的，貨還沒送來，等一會兒我叫他們去查詢。」他把辦公桌上秘書為他準備好的熱茶端來坐在阿國的右側。

「想當年我跟你的師祖，就是我的親舅舅修練時……」

阿國這樣的開場一定沒完沒了，阿國重新講他碩士畢業後在ＩＢＭ任職，因為興趣的關係，下班後和只有高中學歷的舅舅靈修，畢恭畢敬，凡事皆從師命，譬如……。

「阿國這是什麼意思？我有什麼地方讓他不滿嗎？我今世的學歷不過專科，在天上修羅軍時也只是他麾下的小隊長啊！」修仙忖度著。

阿國從平日的行住坐臥說到幫忙舅舅奪回道場，共同經營一陣子又失去時惋惜數聲。

「該不會叫我扮演他當年的角色吧？我可沒這個意願。」他盤算著，假若阿國開口，該如何拒絕。

「我落到無法繼續在ＩＢＭ上班，突然喪失依靠……」阿國繼續嘮叨。

他體悟出阿國的來意了，應該是要錢。看一下手錶，各部門的輪番匯報即將開始，他當機立斷：

「老師，你欠多少？」

「我很榮幸有你這個傑出的學生，如果……每個月多給五萬，生活就會寬裕些。」阿國收起高高在上的姿態，討好的笑著。

「沒問題，我馬上和會計說，老師過一會兒就可以去領。我開會的時間到了，有空再向老師請益。」他下了逐客令，望著老師離開的背影，心裡想『怎麼一個有能力的人把自己弄到這種地步？道場！道場！局限在那邊，格局為免太小，天下之大可任我探囊取之啊！』

他按下秘書內線鍵：

「叫貿易部門的主管到大會議室。」

「董事長，他們已經在等著您。」

會議如同往常，例行的冗長報告，這一個月三種品牌的進口餅乾銷售都可以，總體來說比去年同月份多了百分之三，差強人意，倒是秋冬季即將來到，庫存的數量明顯不足，這些主管未免太懶散了。

「是不是要多下單？殷總，做事得未雨綢繆啊！」他嚴厲的注視總經理，逼得對方垂下眼睛稱是。

一行人退出，他再請秘書叫交通部門的主管進來，所謂交通部門，就是他創立的「愉悅趴趴走」計程車大隊，當初經營貿易有成，想要有專屬的司機又不想浪費錢，於是動腦，成立一個計程車行，經過五年的發展，擴展到自營卅二輛，加盟一百五十六輛的規模。這個轉念帶給他不少的收入，他並設立一個情報獎勵制度，只要司機提供各行各業有用的消息，便可獲得兩百至五百元的獎金，對司機們不無小補。也因此，他輕易的擁有一百八十八位線民，加上晚班換替，又多了一半，橫跨三個大都會，仙姑廟有可觀的收入和主、副主委在外頭跟人合作生意不順，極需金援的訊息皆從司機報告得來。費心一年多佈局並予以借貸，意料之外臨門時殺出一個姓石的程咬金，整個破局，三個月來每每想到這裡都憤恨填膺，不過前天顧前主委來電，這個星期六的委員會議將討論本年度仙姑出巡大事，懇請他務必出席，也許可以找到翻盤的機會。

「好吧，那就跑一趟。姓顧的，你若無法兌現交廟過來的承諾，看我怎樣整死你。」他眼睛翻白，嘴角緊抿，腦中呈現出幾個方案。

交通部門的匯報中，計程車隊的生意因為Uber的加入戰局，生意下滑，他沒生氣，只稍稍說了幾句，最後強調：

「大家收入都減少，但不要忘記，提供訊息的獎金制度依然存在，你們幾個區域隊長要鼓勵司機們張大耳朵去聽客人的談話，好充實荷包。」

「這個池塘沒魚撈，就得換個新池塘」，他想：

「希望能收到有用的情報，已經兩年沒開創新事業了」。心中有點鬱結。

結束了會議，他移駕去旗下的按摩院。

「老大！」小趙熱絡的迎上來。

「幫我叫好料的便當，我們邊吃邊聊。」

「好啊，立刻辦！」小趙跟隨他近廿年，對於他的喜好瞭若指掌。

嚼著肥美的和牛，小趙適時稟告：

「小娟下午只會服侍大哥一人。」

他嗯一聲，覺得窩心。

「大哥，美爵泰國浴有意轉讓，開價不高，我們把它盤下來好嗎？」

「多少錢？」

「三百五十萬。」

「房子租的？」

「是。」

「你不怕海線幫認為我們侵門踏戶？」他問。

「我照會過他們這區的頭頭，他們沒興趣。」

「好，做評估報告吧。」

小趙點頭。

「這個星期六我們一起去仙姑廟開會，姓顧的說要討論仙姑出巡，我們去看看有沒有機會大幹一場。」

「大幹？」小趙面露怯意。

「上次被釘住，仍在害怕？」他銳利的看過去。

小趙點頭。

「那就不怕我生氣？」

「更怕。」小趙低下頭。

「放心吧，你是我的得力助手，除非你犯了嚴重的錯誤，我不會隨便發脾氣，至於仙姑，更不用畏懼。你想想，那回仙姑除了暫時使你無法行動外，她有損及你一分一毫嗎？」

小趙這個四十出頭的男人認真的想一會兒：

「是沒有。」回答時露出笑容。

「這就對了。這些所謂的神標榜著慈悲為懷，只會施以小處罰或不理你，祂們是無牙的老虎，根本不必怕祂。」

「好像是耶。」小趙恍然大悟，不知不覺抵直了腰桿。

到了星期六，他和小趙坐在仙姑廟辦公室的沙發上，冷眼看著在座的六位，依慣例，顧前主委也列席參加，李主委本來意氣風發、侃侃而談，卻不時被老顧搬出過去的傳統來糾正，到最後有點氣餒。他有些不屑，所爭論之事皆為芝麻細節，怎麼做都無所謂，但李主委在結尾時特地朝他們兩人問：

「你們有想要仙姑出巡順利嗎？」

這點燃了他胸中的一把火，而小趙不爭氣的回應更是火上加油。

「好，那麼就讓你們大大不順，喪失威信，然後鼓噪信徒，把你們全部趕下台。」他心中立即籌劃，這時看到那個姓石的也望過來，想起了今天委屈的坐在這裡全拜這個小子所賜。

「是該對他下馬威了。」他忍耐到散會，走到那小子背後，把注意力貫注於雙眼，發聲冷嘲，就在姓石的轉過來那瞬間，被他聚焦了瞳孔，發出一道閃光。

「你終究逃不過我的手掌心。」他得意的想著：

「今晚不打得你滿地找牙，我不叫修仙。」他差點脫口而出。

7.

亞芳看著新買的箱型貨車載滿了餅乾成品，準備送去量販店，心中充滿歡喜。最近她的產品種類擴至十二種，包裝也多樣化，大盒、小盒、塑袋裝、紙筒裝俱全，口味有甜有辣，另外正在研發的鹹味餅乾即將定案上市，想到這三個月來業績突然爆發，這種好運說不定緣自於小莉呢。

她走回自己的小辦公室，從手機存檔點出明佐所拍的一系列小莉的照片，真的可愛至極，讓她一看再看，捨不得離開視線，譬如：小莉趴著、揚臉、手腳離地，掛著純真的笑容；又如，皺著眉頭、撥弄自己的小腳趾……其中有一張小莉坐著，淌著口水，傻傻笑著，拍攝彼刻，她靈機一動，急忙拿一塊自家餅乾塞在小莉的小手中，此時注視著這張。

「不如……把公司的商標換掉，改成這個？」

有敲門聲，前頭的會計探頭進來：

「老闆，來了一個男的，說要訂大筆的貨，想和妳談談。」

她遠遠望這個不速之客，中等身材，約四、五十歲。

「好吧，請他進來。」

來人透出精明，頭上散發暗藍的氣體，遞過來一張名片。

盟雄貿易有限公司 總經理

殷耀晴

「這個發光、明亮的名字和他的氣十分不搭呢。不過許多碰到的生意人也都如此，機巧、又會算計。」她旋即想。

「有什麼可以幫上忙？」她問。

殷總說他們是國外W和H及Z公司的代理商，許多大賣場都有他們進口的產品。

她點頭稱是。

「妳看，這一款小馬巧克力餅乾。」他打開手機給她看照片，她不禁露出微笑，公司名字雖不熟悉，但這個產品倒常常與她們的陳列在同一處的架子。

「還有這個和這個……」殷總一口氣拉出一堆，有薑片餅乾、蔓越莓……等等，都不陌生。

「可是殷總，」她打斷他的話：

「我們的產品早已舖貨到一些賣場了，所以你今天來是要幫我擴展賣點嗎？」

「不，我觀察過，妳們成立快兩年，對吧？有今天這種成果非常難得。我相信妳們自己便可以駕馭台灣這個市場，我今天來是想將妳們的產品反向推展到國外，讓西方人也有福氣享受到台灣餅乾的美味。」他說得誠誠懇懇。

她覺得受寵了，不過目前只想穩固國內，根本不敢奢及這一區塊，反覆沉思後回答：

「謝謝你的好意，心領了。」

「為什麼？可以讓我知道原因嗎？」殷總問。

她苦笑：

「心有餘力不足，我們的人手、設備、場地都無法應付，我不貪心，只想一步、一步、紮實的走。」

「佩服！現在的年輕人如果有十分之一像妳這般，我們國家必定經濟大好，不過我們董事長是解決問題的高手，可以給我一個提案的機會嗎？妳看到後再斟酌看看。」

她以為沒什麼不可。告別前殷總要求看一下工廠，經過烘焙堂，她拿一塊剛試做出爐的鹹餅乾給他。

「這是我們即將推出的新口味。」

殷總吃了：

「好特別又爽口。這個產品一定大賣，恭喜，我更加刮目相看了。」這個人看起來是真心稱讚。

得到認可，亞芳卸下防備的心，露出開懷的笑容，殷總好像被電到了，眼神痴痴的停在她臉上，過幾秒後才恢復正常。

忙碌了一天到公婆家接小莉，在門外就聽到小莉的聲音，阿嫂開了門，明佐和小莉雙雙坐在客廳的地板上。

「小莉，媽媽回來了。」明佐回頭看是她，對小莉說。

小莉沒理會。她走近，原來明佐弄來一個穿空手道衣服的玩偶，只要一按鈕，那個玩偶人就先出拳，再踢腿，發出「ha」的聲音，這時小莉便咯咯笑出來。

她把小莉抱起，小莉掙扎，用小指頭比著地上，冷不防的，小腳抬起，正中她的右肩，三個月的Baby，勁道居然不賴，她滿懷興趣的看著自己生下的漂亮寶貝：

「好小妞，將來可能青出於藍勝於藍呢。」她放下小莉，也坐在地板上加入，向明佐搶過玩偶，拿到女兒肚子前按鈕，玩偶的拳腳輕輕碰觸小莉的皮膚，這下子女兒笑得更大了，明佐見狀又奪回玩偶，拿到小莉的腳丫子前……。兩人一來一往，三人樂成一團。

他們在明佐父母家吃過晚飯，走路回家，皎月當空，過去的兩人身影變成三個。小莉玩得太累，頭靠在明佐的右肩睡著了，亞芳忽然覺得如果三個身影變成四個是不錯的主意，不自覺的，向明佐靠攏，左手放在他的腰際。

「要不要再增加一個，好跟小莉做伴？」她問明佐。

明佐笑了：

「當然要，但今晚不行。」

她有點惱怒：

「人家又沒說今天就要。」

明佐正想回答，她又問：

「為什麼今晚不行，對我沒興趣了嗎？」

「那怎麼可能？永遠興趣高昂。」明佐趕緊把今天去仙姑廟開會，胡委員臨走前和他眼睛對焦的事說了。

「真的？他會對焦？那今晚他將進入你的夢中？」她十分驚訝。

「應該是。這個胡委員也看到那天廟裡選舉時，我靈魂出竅助仙姑一把。」

她記得明佐對那天的陳述：

「那他有來頭，說不定他便是操縱夜叉的藏鏡人。」

「我也這樣認為。」

「今晚你得小心行事啊。」她憂心叮嚀。

「放心吧，再大的陣仗比不上當年和一位女魔頭的冰火對峙。」

她不禁抽回放在明佐腰際的手，狠狠搥他幾下，再輕摸他的臉頰：

「那麼明晚女魔頭好好撫慰你受過創傷的身心？」

「一言為定。」明佐笑得眼角出現魚尾紋。

洗完澡去看小莉，這個小妞側身，闔著雙眼，一隻姆指塞在嘴哩，右腳彎曲，左腳伸直，不時微微抖動。

「有睡著嗎？」他不免懷疑，湊近點，小莉嘴巴張開，對他的舉止沒有反應。看著那張可愛的小臉龐，想到若是天王契女下凡，說不定現在主靈回到天庭正在表演她擅長的旋轉舞呢。

返回臥室盤坐於床上，摒除雜念，專注於空氣中的嗡聲，他從頭頂放鬆開始，引嗡聲進入體內，再逐步擴及天眼、喉嚨、胸腔……到丹田，通過尾閭時有一些障礙，他想像光團從頭頂傾洩而下，在腹部匯集，再以「吽」聲衝擊，很快的嗡聲輕舟渡過萬重山，背部有了反應，直達後腦杓，他處於全身細胞振動和嗡聲共鳴中。

過了許久，腳步聲由客廳漸進，他把意念收回，於房門開啟的同時張開眼，雖然如此，亞芳仍看到他剛剛全身散發餘留的光輝。

「哇，你的氣何時由紫變成金色？」她問。

「上次在爸爸的道場有突破後，我閉上眼睛看到的都變成金色。」

「如果這些金光固體化，形成金條該有多好？」

他笑了：

「想錢想瘋了？」

「錢多多益善啊，可以做許多事，不過，說真的，等一下那個姓……什麼的……」

「姓胡。」

「那個姓胡的傢伙闖進你夢中，你拿他好好來祭旗。」

「祭什麼旗？冷帥要出征了？」明佐好玩的望著愛妻。

「早就沒有冷帥了。」亞芳沒好氣的回答：

「反正給我好好的修理。」

「遵命，太座。」

梳洗後躺下，但剛練功，精神正佳，毫無睡意，明佐於是放空意念，把知覺改放在腳步。

「攤平、攤平，一切都無關緊要。」他對自己說。

慢慢的，眼皮漸重，現實世界退到幕後，一個灰藍的瞳孔掛在天空，遠處捲起強大的風暴伴著轟隆隆的聲音向他奔來。

「好久沒經歷了。」在夢中他挺起胸膛站立，任自己被吞噬淹沒，過一陣子，風過天清，他發現自己處於戰場上，面對一小隊修羅軍，帶頭的正是那個姓胡的，身穿灰藍的盔甲，雙手各握著一隻狼牙棒，看看自己，回復天庭左行者的裝扮，全身銀白，額頭綁著束帶，他知道一定也是銀白色。

「原來是左行者，難怪如此囂張，膽敢破壞本大爺的好事。」姓胡的先露出詫異，隨即恢復傲慢的面容。

「我一點都不囂張，我只是受仙姑之託來維護她的權益，囂張的是那個意圖豪取強奪的人。」他平靜的答覆。

「什麼叫強奪啊？你可知道當年那個廟的主人是誰嗎？是大眾爺！他帶領一些孤魂建立了基業，後來仙姑壓制了他們，才有今日，仙姑才是那個巧取豪奪者，我們反而是第一手的受託人，要物歸原主。」姓胡的講出了秘密。

其實明佐第一次進入仙姑廟，發現左邊神座供奉的是大眾爺，已猜到了幾分。而且選舉那天夜叉從大眾爺那頭現身，他們雙方就算沒有聯合，也一定存在著默契。

「即使那是事實，假設讓你拿到了仙姑廟，誰會是這個廟的主人？是你這個修羅，還是夜叉？或真的還給大眾爺？」他反問。

「那可不必你來操心。如果你發誓從此退出仙姑廟，不再插手，我們今天可以放你一條生路，怎麼樣？」姓胡的緊盯過來。

他笑了：

「今天無法決定，我必需回去和仙姑及大眾爺商量，那麼就此告辭，我們改日碰到再說。」他一面說話，一面運氣聚熱於雙手，然後作勢要轉身離開。

「既然把你叫出來，想逃跑有這麼容易嗎？」背後傳來姓胡的冰冷的聲音。

果然一下子被團團圍住，他懶得再跟這些人耗下去，揚手發出一連串的火球，分別奔向敵眾。

「一個、兩個、三個……」他心裡默數，頃刻間所有人倒地哀嚎，只剩下這個站在最後線發號施令的頭頭。

「不錯啊，左行者，你在人世間沒有放下功夫。」姓胡的為他拍掌：

「現在看我的。」語畢，身軀膨脹三倍大，從上方得意的俯視下來。

他將火球護住全身，朝姓胡的飛去，剎那穿過胡某身體，順便引燃，立即聽到對方的驚呼和咬牙痛苦的呼聲。

「給你一個忠告，實力不夠卻盲目擴充，雖能嚇唬他人，實際上反而弄虛了自己。」

他頭也不回，說完一腳跨出迷境。

8.

亞芳站在公婆家大門前，裡邊傳來小莉童稚輕脆的笑聲，這個小妞越來越聰明，才六個月大，當大人在談話時提到她們夫妻的名字、明佐的父母、阿嫂，甚至上菜……等字眼，都會看到小莉投注眼光和反應，她預測此時不是明佐就是婆婆和小妞在一起玩耍，然而打開門，她發覺錯了。

「小莉，看看誰回來了？」公公和小莉雙雙坐在地上，公公笑著和她示意後問小妞。

「姆……媽。」這個小妞居然叫出來，有七分的清楚。

她欣喜若狂，衝過去一把抱起，又親又吻：

「我的乖女兒。」

這時大門又打開了，小莉轉對門口叫：

「爸……爸。」發音更清楚，並對明佐伸出雙手。

她一下子產生醋意。

「這個小妞說不定幾天前就會叫爸爸了，待會兒要好好拷問明佐。」她不禁思索著。

婆婆給小莉買了幼兒餐椅，讓小莉可以共桌，小莉很爭氣，坐得四平八穩，不吵不鬧，安靜吃著為她特別烹調的食物。

用餐時公公提及道場一位學員給祖先牌位上香時看到異形，心中不安，共修完畢跑來求助。

明佐想起爸爸上次講的案例：

「又是地形夜叉嗎？」

「是的。」爸爸說：

「我到了現場，的確，學生家的神主牌位被夜叉佔據，不過牌位四周都沒看到他家的任何先靈，夜叉也無敵意，我問學生要不要驅離夜叉，並撤除牌位？」

「爸爸，為什麼神主牌位附近沒有學生的祖先？」亞芳問。

「都投胎轉世了，我以為。」明佐回答。

爸爸點頭。

「或者祖先們已經被夜叉趕走？」亞芳提出另一種可能。

「應該不會。神主牌位對先靈有吸引力和約束力，如果被夜叉佔據，也會在四周徘徊，可是我沒看到一絲的蹤影。」

「學生怎麼回答？」明佐好奇。

爸爸微笑：

「學生害怕萬一仍有祖先眷戀，我和他建議，不如把牌位遷至正宗的廟宇內，那邊有神明在管轄保護，並定期舉辦法會，可以幫助祖先提昇，他同意了。」

「這的確是個好辦法。」明佐拍手。

「話說回來，為什麼要設祖先牌位，歐美人都沒有。」亞芳質疑。

「華人講究慎終追遠，設置牌位可以提醒後人緬懷祖先，也給一些走不開的先靈有個歸宿。」爸爸回答。

「我們都知道自己的前世，從而確定死後必有來世，如果有一天大限已至，相信我們都不會留戀人世，成為鬼魂，設立牌位讓這些無依無靠的祖先有歸依當然很好，但會不會使他們更不想轉身，進入新的旅程？」明佐深思後說。

「可能，不過這也是他們的因緣，不是嗎？」爸爸加一句：

「有依有靠，通常造就更深的執著。」

明佐深以為是，在座的其他人媽媽和亞芳皆表贊同，連小莉也放下手中的小湯匙，張著明亮的大眼睛直直望著她的祖父，似乎若有所思。

「你們看，小莉好像聽得懂。」明佐憐愛的摸那張細嫩的小臉龐，面對眾人含著笑意的眼光，小莉害羞的低下頭來。

走路回家，小莉如同往常趴在明佐肩上，經過一個街廓便睡著了。

「今天小莉第一次喊我媽媽，我也聽見她喊你爸爸。」亞芳側頭看明佐。

他警覺起來，果然下一秒：

「這個小妞第幾次喊你爸爸？」亞芳接著問。

「今天第二次。」他掩蓋了昨晚抱小莉上床時的第一次，當時本來想告訴亞芳，但隨後打坐便忘了。

「什麼是今天第二次？」

「今早我送她去爸媽家，她曾經模糊的叫一下，然後就是傍晚妳聽到的那一次。」

「喔，那也沒有比我早多少。」亞芳的神情和語意都鬆懈下來。

月光皎白，拖長了他們的身影。亞芳越走越靠近，終於三人的影子融在一起。

「你方才說，如果我們死去都不會成為鬼魂，留戀世間，我可不一定，我要看情況。」亞芳悠悠的說。

「看什麼情況？」明佐訝異。

「看誰先去世，如果你先走，輪到我時當然立刻去找你相會，如果我先去，我將守在你身邊，假如你另結新歡，我一定把你們鬧個雞犬不寧。」

明佐笑了，摟她更緊：

「絕不會另結新歡，我發誓。」

「誰知道那時你會變成什麼樣子，我的靈在你身邊，你不高興嗎？」亞芳鼓起腮子。

「高興，求之不得呢，不要嚇我就好。」

「愛都來不及，怎麼嚇你？不過為何世人都有家族的觀念呢？你我都來自天上，知道這世為人是由於強烈的意念或一時的因緣和合，當和合消滅，新的因緣成熟替代，一切都將隨之改觀。換句話說，如果屢次投胎為人，這輩子姓蔣，下輩子也許姓潘，這世生在台灣，下一世可能生在日本或歐洲，哪有真的家族延續？」

沒料到亞芳講出這番道理，他想了想，亞芳這世父母早逝，和他們關係極薄，加上由天上轉生，自然對家族的看法與一般人迥異，有這樣的結論也就不足為奇。

「大部分的人沒有前世的記憶啊，他們不明白過去，對於現世和來世也沒有把握，於是把家族的觀念當成了精神支柱，即使這個觀念短暫又虛幻，站在他們的立場來看，有其必要性。」

裡。

亞芳沒有再發表意見，她靜靜的依偎在明佐身旁，濃濃的幸福把三人緊緊裹在夜色

亞芳收到盟雄公司的大筆訂單，據殷總的說法，他們要將餅乾大部分銷往澎湖、金馬……等離島，另一部分託人帶去美國測試當地消費者的反應。

明佐也有好消息，他升任貿易公司雜貨部的經理，當他向父親報告時，父親淡淡的恭喜後問：

「計畫一輩子在貿易公司？」

「走一步算一步，貿易事務還蠻有趣。」他回答。

「不考慮來道場？」爸爸看過來：

「結合興趣與專長，又能幫助他人，沒有其他職業比這個更有意義。」

他心動了，沒有拒絕：

「再給我幾年吧。」

爸爸露出安慰的笑容。

胡雲修那晚進入姓石的夢中，乍見對方居然是四大天王天的左行者，心中涼了半截，不過環視圍繞在身旁的手下們，這邊人多勢眾，彼方只有孤零零的一人，何況自己這世突飛猛進，身子可以瞬間拉長壯大宛如金剛護法，豪氣又起，可是結局只有一個「慘」字。

他羞愧、憤恨交加，徹夜難眠。醒來連續兩天胸口鬱悶，頭腦昏鈍，辦不了什麼事。昨天去按摩院，小趙戰戰兢兢報告併吞過來的泰國浴本月小虧，他懶得生氣，小趙接著推薦店裡新來的一位漂亮女郎來為他服務，他提不起興趣，反問：

「你試過了？」

看著小趙一臉的尷尬，他不像過去，一點也不在乎。但是剛剛他拿東西去秘室，難得羅剎穆苛也回來歇息，夜叉摩里囫圇吞完揶揄他：

「喂，神氣的修仙，最近怎麼垂頭喪氣？」

他乍聽下立即揚眉，瞪大眼睛。

「別！別！不要發火，我純粹關心您，有什麼困難可以說出來，大家好商量呀！」摩里縮起身子，委屈的說。

「是啊，我依附了這些日子，也願意回饋效勞。」穆苛慢條斯里的附和。

這個難以馴服的羅剎居然自動表白，他大喜之下把入夢的經過簡單描述。

「這個石某確有幾把刷子。」摩里是個地形夜叉，不曾在天上當過修羅軍，沒見過這種能耐，不禁咋舌。

「你們對峙時，你帶了幾人？」穆苛問。

「包括我九人。」修仙回答。

「顯然人手不夠。不如我們一鼓作氣，召集更多伙伴圍攻，不信他能變化出三頭六臂來應付。」穆苛說完桀桀笑著。

「說的有理，我也來號召，姓石的住哪裡？我們一塊去找他。」摩里恢復了信心。

「不必去找，再兩個星期是仙姑出巡日，他會去現場。」修仙盤算著，屆時修理石某、兼倒仙姑的台，一舉兩得，嘴角終於露出笑意。

「我想也是該努力來策反廟裡的大眾爺了。上回他們只默許，但不出手，這次我來說服他們和我們聯盟，趁機把仙姑廟拿回來。」摩里快樂的聳著豬鼻，發出嗝嗝的聲音：

「我這就去。」說完一溜煙，不見了身影。

「一場結合數界的大戰即將上演了。」修仙想著：

「我會損失什麼嗎？」他問自己。

「頂多沒有進展，保持原狀而已。」他聳聳肩：

「不嘗試，哪來的拓展？」

他恢復了一貫冷冷倨傲的神態。

9.

在夢中擊潰了胡某那群人，明佐沒有快意，反而對人間各界的爭奪十分厭倦，隔天一早和亞芳說了經過。

「所以仙姑廟原來是大眾爺的？」亞芳問。

「他是這樣講的，也不知是真是假？」

「那個姓胡的會不會假藉要替大眾爺收回失土，實際上想據為己有？」聰明的亞芳一下子猜到了：

「那你準備怎麼做？」她的笑容很頑皮。

明佐嘆口氣：

「走一步算一步。」

「你會跟仙姑通風報信嗎？」

「還沒決定，可能會吧。」

遲疑多日，明佐終於選擇在出巡日前一天傍晚去鐵王廟，借宿廟裡的客房。和廟祝明笙用過晚齋後回到素雅的房間，鐵王已在等候。

「左行者有事商量？」鐵王現身。

明佐把夢中對戰說了。

「仙姑是位正派的神，我相信她之所以降服大眾爺一干眾靈必定有正當的理由，看來明天這個姓胡的修羅可能再伙同夜叉大舉來犯。我這就去找仙姑把大眾爺穩住，對不住，失陪了，我快去快回。」鐵將軍彈指間消失。

明佐盤腿靜坐，空中嗡聲澎湃，他很快進入無我狀態，和嗡聲合而為一。沒多久他感覺到一團能量奔至，睜開眼，鐵將軍重現眼前。

「左行者的功夫已非昔比。」鐵將軍讚道。

「你也進步許多，這裡的氣場比以往強大。」他說真心話。

「此行順利嗎？」他接著問。

「差強人意，我告訴仙姑，大眾爺可能有異心。我們一起和他們深談，果然五十二個兄弟約三分之一受到豬形夜叉的蠱惑，其他為了不破壞數十年的情誼，採取中立態度。」

這說明了上回委員改選，藍色冥火夜叉為何能從大眾爺壇上現出。

「有結論嗎？」

「有，大眾爺的頭目說他會先約束那三分之一的弟兄明天按兵不動，之後慢慢整合。」

「換句話說，明天大眾爺不會護駕？」他感到事態嚴重。

「是的。」鐵將軍聲調不變，顯然已有對策：

「我會調這裡五營一半的兵力去幫忙。」

「你的軍營擴充了？」

「隨我來。」鐵將軍請明佐到廟門口，沉聲道：

「左、右都尉何在？」

兩條影子飛快的從林中竄出至廣場，單腿屈膝，兩手抱拳，同時發聲。

「左都尉沈明向王爺請安。」

「右都尉董岐向王爺請安。」

明佐瞧到沈都尉比幾個月前越發沉穩，而初次見面的董都尉一副精明幹練，再看鐵將軍全副武裝和神像一模一樣。

「操練吧！」鐵將軍下令。

兩位都尉各取出令旗一揮，廣場四周湧出兩列人馬，他細數，總共六十名，比建廟初始多了一倍。左都尉往前站，喊道：

「太祖長拳第一式，懶扎衣。」

大眾動作整齊劃一。

「第二式，金雞獨立。」沒有站得歪扭的。

下來第三式探馬手，第四式拗單鞭，口令加快，大家動作也更迅速，至最後旗鼓勢，一氣呵成，看得明佐由衷佩服。

「明天左都尉率一軍前去護駕仙姑出巡。」練完後鐵將軍吩咐：「右都尉帶領二軍嚴守本廟，不讓一干閒雜之靈來犯。」

「聽令。」兩都尉洪聲回答。

「好，休息去吧。」

眾靈悄然隱退。

「鐵將軍治軍有方。」他稱讚。

「必須如此，否則無法保護區域內百姓和前來求助的人們。」

他本來想問「明天你會親自督軍嗎？」後來轉而思考，鐵將軍老謀深算，來去自如，就把話語忍住。

一夜安眠，精神抖擻的起床，用過早餐，明笙載他去仙姑廟，遠遠看到一堆義工忙出忙入。拾階而上，進入大殿，李主委和其他多位委員在神壇附近指揮，大神轎已自偏殿請出，擺在神壇正前方。

他跟這些人打招呼。乩童許先生走到他身旁。

「有什麼我可以幫忙的？」他問。

「您昨天已經幫了許多。」許先生眼光瞥向大眾爺：

「等一下仙姑出巡仍得仰仗您。」他猜測仙姑告訴了許先生事情的來由與經過。

「其實仙姑也覺察到一些蛛絲馬跡，但不曉得事態變得這麼嚴重。」許先生臉色凝重。

看到這個忠心耿耿的漢子如此憂心，他安慰：

「我們不是破解了嗎？而且鐵王爺將派遣他的一軍前來襄助，沒事的。」他邊說邊偕許先生走到廟門口，才講完，下方廣場出現數十條影子，一個壯碩的靈遙遙對他拱起雙手。

「說到曹操，曹操到。」明佐輕聲說。

儀式照慣例舉行。由許先生朗讀出巡宗旨及路線，下來主委獻花獻果，他看到一個熟面孔出現在左邊人群中，是胡某，旁邊站著趙委員。胡某朝他望來，鼻子上聳，嘴巴歪一邊微笑著。

「副主委獻花。」許先生叫他。

他做了，耳邊傳來仙姑的感謝，獻完果輪到其他委員並列行儀時，胡某、趙某消失不見。

「信徒代表上香跪拜。」

程序一一走完，最後由李主委和他共同將小仙姑神像捧入轎中，並以轎內的卡榫固定住。

「禮畢。出巡開始，施福四方。」許先生喊道，廣場鞭炮響起，八個精壯義工靠近神轎，分站四方。

「起。」其中一人喊道。

當神轎扛出殿外，廣場上的八家將也備好陣式，他算算，很大的一隊，有廿多人。

「不是十三人的組合嗎？」他小聲問許先生。

「我們的較多，除了什役、文武差、范謝將軍、甘柳將軍、文武判官、春夏秋冬大神外，又加韓盧將軍、枷鎖將軍、董李排爺和喜樂哀樂四差……等。」許先生如數家珍。

這個排場浩浩蕩蕩，然而當神轎走下階梯時，一個綠色的影子衝向右前方的轎手，使其站不穩，差點跌倒，幸虧許先生及時扶一把。明佐定睛一看，上回選舉時頭冒綠冥火的地形夜叉又出現了，此刻對他挑釁幌著鼻子上兩根像蝸牛的觸角，不僅於此，其他三邊轎手不遠處也各站著一個夜叉，另外胡某不知何時靠在左邊階梯的欄杆，伴著一個豬形夜叉對他細細打量，他往下看，一群羅剎已和鐵王廟派來的人馬對上，情勢不妙。

「左行者，麻煩你撐住，我這就去拜託鐵王，快去快回。」耳邊傳來仙姑的聲音。

「只好如此，我盡力。」明佐答覆完立即運火氣於雙手，說時遲那時快，轎旁四個夜叉都取出兵器，在夜叉即將觸擊轎手的剎那，他的火球也分別攻至四個夜叉身上，把他們轟離，轎手們看不見夜叉，卻被火球嚇了一跳。豬形夜叉發出好大的呼嚕聲，瞬間從樓梯底下翻上來四個夜叉，將他圍住，這下子他有八個夜叉需要處理，四個近身纏繞，又得解除原本四個對神轎的侵犯，他沒空思索，定下心來凝聚更大的火球，迅雷般招呼這八個夜叉，六個應聲而倒，綠冥火焰和另一個狀似狐狸的夜叉機靈閃開，忽然豬形夜叉捲著身子，如風火輪般極速向神轎衝過來，他來不及蓄第三波火氣，眼看神轎就會摔落台階，可能支離破碎。

「完了。」他在心裡呼喊。

「未必。」一個聲傳來，仙姑同時現身，以她身上披著的彩帶將豬形夜叉捆住，狠狠的摔在地上。

另一端鐵將軍高舉著鐵劍，威風凜凜的浮在半空中，羅剎群中有幾個見識過鐵將軍的厲害，失聲驚呼：

「鐵王爺來了，快撤。」一大夥慌忙往四處逃竄。

明佐遠遠看到鐵將軍化成一片浮雲，尾隨著一個羅剎，一場危難終於化解，他鬆了一口氣。耳朵聽到仙姑的再度感謝，他的目光掃遍階梯和廣場，已找不著胡某和那些夜叉的蹤影。

「石先生，」許先生向他靠近，緊張兮兮的小聲問：

「那些邪靈又來了嗎？」

他知道許先生和普通人一樣，只能看見他發的火球但無法察覺到夜叉，不過還是猜測到了原由。

「是的，來了又走了，下來仙姑出巡應該可以順順利利。」

至於這些轎手更不知所以，紛紛相問：

「剛剛那些火光是怎麼一回事？」

許先生走過去對他們說：

「是仙姑顯靈，你們看到的人有福了。」說完朝明佐霎一下眼睛。

10.

這個星期天是爸爸的生日，道場的同事和學生計畫著慶生活動，共進晚餐時爸爸問明佐：

「星期六你也來吧，順便和大家一起靜坐。」

明佐知道爸爸的心意，希望他多到道場走動和大家培養情感，何況那天有特殊意義，他豈能拒絕。

爸爸也講到一件事，一個學生相中一塊山坡地，前天請他去鑑定，那塊地氣場祥和，往下可以看見整個河谷，視野遼闊，為不錯的度假地。之後兩人一起去附近小鎮的餐廳用午膳，餐廳旁有一間小小的邱太爺廟，他們進餐廳時廟前門庭若市，用餐完依舊大擺長龍。好奇心驅使下，他走近觀看，廟內神壇上居然坐著頭上長著一隻羊角的夜叉，面帶微笑，泰然自若，一隻手拿著長條形的食物往嘴內塞，另一隻手指揮著廟外的遊魂辦事。

「第一次來？」一個純樸的老阿伯問。

爸爸點頭。

「邱太爺很靈的。告訴你一個訣竅，祂特別喜歡米糕和爆米花，只要你供奉這兩種點心，所求的事多少都會實現，你沒有帶這兩樣？」阿伯看爸爸兩手空空：

「沒關係，你看。」阿伯指廟對街一家小雜貨店：

「那邊就有賣。」

爸爸謝謝阿伯，阿伯見爸爸沒有立刻行動，喃喃唸著：

「自己的福氣自己求，放棄太可惜。」搖頭走開。

「所以爸爸終究沒有進去和那夜叉打個照面？」亞芳問。

爸爸笑笑的說：

「沒進去，夜叉做得不錯，何必打擾？」

「有看到原來邱太爺的靈嗎？」明佐提。

「這倒沒有。我猜邱太爺早已昇華或遠離了。」爸爸回答：

「現在許多廟宇都欠缺有點修行的住持。前些日子有一間規模不算小的廟宇董事長跑來找我，希望我能兼任或指派優秀的學員前去打理，條件不錯，除了優渥的薪水外，奉獻金也可以抽成。」

「爸爸怎麼回應？」

「我婉拒了。」

「道不同不相為謀。」明佐猜。

爸爸讚許：

「我們修練是為了靈性的提高，而那間廟的董事長似乎只在乎香火錢，若要信徒多捐獻，得讓他們的所求能相應，這裡有對應的市場關係，我不認為我的學生中誰有興趣，即使有興趣也不一定有那個能耐。」

「除非去抓一個夜叉來坐鎮。」亞芳這個前生為修羅王的女兒突發奇想。

大家都笑了。

「說到靈驗，我有兩位好朋友，一個信道教，一個信基督，她們都自誇自己的神較厲害。」媽媽插嘴：

「當她們有困難時，我都會說，為何不去求她們的神？」

「有嗎？」亞芳很感興趣。

「妳想呢？當有一個已經收獲妳的心的神隨時可以請求，誰會放棄？」媽媽笑笑的答覆。

「說的也是，如此一來人就變得更依賴了，而非自己冷靜分析所面臨的狀況，尋找出對應的方案。」明佐感嘆。

「媽媽，她們的所求都能得到嗎？」亞芳追問。

「這點很好玩。總結我的探討，其實她們並不是每次都準，三得一、四得一，甚至更少。」

「這樣子她們還信？」亞芳覺得不可思議。

「有勝於無，通常不得應驗時她們會怪罪自己，譬如是否向神明稟告時沒講清楚？或神明要考驗自己，或時機未到。我以為，如果子女也能用這種態度來對待他們的父母，就沒有兩代間的糾紛了，我們做父母的滿足子女的願望比起神明來，可要多上許多。」媽媽說到最後眼光瞄向明佐。

「媽媽，我們之間可沒有發生什麼大事呀，我就算有任何請求不得妳的答應，看到妳頭上氣體的變化就認命了。」

「兒子，我也看到你摸著鼻子離開時，頭上的氣洶湧得很啊。」媽媽立刻回馬一槍。

「起碼沒有和妳大吵一場。」明佐不好意思的低下頭來。

「但是有默默的抗議。」媽媽的手伸過來覆蓋住他的：

「我有幸運有你這麼善體人意的兒子。」媽媽溫暖的說。

「我也很幸運有一個這麼好的媽媽。」

爸爸微笑的看這一幕，而亞芳眼睛溼潤，似乎想起了她早逝的母親。

那晚回家後亞芳鄭重宣佈：

「明佐，我們都不怕失業了，還可以日進斗金。」

他知道她想的是哪回事，食指輕敲她的額頭：

「我可不要我漂亮的妻子去當廟婆，那時來朝拜的不是真正的信徒，反而是一群不正經的豬哥。」

「這倒提醒我了，如果要開山立廟，我就把你在仙姑出巡時遇到的那個豬形夜叉捉來，讓豬形夜叉應付豬信徒，我管收錢就好，只是去哪裡抓這個豬形夜叉呢？」亞芳俏皮的反問。

「越說越離譜了。這麼喜歡當豬哥廟的廟婆，我今晚便權充一次豬哥。」說完把亞芳攬在懷中，亞芳吱吱笑著：

「就怕你不來！」欣然迎上雙唇。

明佐於早上9:45抵達道場，從進口處到大堂擺滿了鮮花。「恭賀師尊聖誕」的紅紙條繫在每盆的花枝上，櫃台林小姐滿臉笑容和他打招呼：

「師尊的大日子才能請得動公子前來啊。」她說。

這個林小姐在道場服務廿幾年，看著他長大。

「我來主要是想念你們。」他非常不好意思：

「對了，今年你們不會又一人送一份禮物給我爸爸？」去年父親收到了如小山般的禮物堆，靜坐結束時，父親舉辦大摸彩，當場把禮物全數處理掉。

「當然不會，我們學乖了。」林小姐臉帶神秘：

「待會兒你就知道了。」

他沒追問，走進內室，爸爸已經穿好道袍在喝茶，茶几上擺著一座四層的大蛋糕。

「哇，爸爸，這蛋糕的尺寸也許破了金氏記錄。」他心裡想，難道這是林小姐所說的驚喜，但直覺告訴他不是。

「道場人多，每人都想嚐幾口。」爸爸也很高興。

今天的開場式很不一樣，大約廿人左右，手中捧著小圓形的蠟燭光上場，大家唱著璽恩的「你是我的光」，隊形不時的變化，莊嚴、好看又好聽。他以前聽過這首歌，現在聽了另有一番滋味在心頭。之後一位資深學員上台致詞，感謝父親的循序教導，啟發了他們內在的祥和安定。

「師父，您就是指引我們的一道光！」

全體學生拍掌，久久不歇。

「明天就是您的壽辰，我們尋尋覓覓，終於找到一個差強人意的禮物，師父，希望您會喜歡。」說完另一個人從後台端出一個長方形的盤子，上面蓋著錦布，走到父親面前，講者趨前掀開錦布：

「師父，這件寶物是我們從一位仁波切手中購得。那位仁波切說，此為第十三世大寶法王堆督多傑主持法會時使用的金剛杵，我們將此呈獻給您，代表您是我們的法王，幫我們掃除心中一切的障礙。」

端盤者恭謹的獻給父親，父親拿著金剛杵仔細觀賞後高高持起給大家看：

「我很喜歡，從今之後這件金剛杵就留在道場，永遠留傳。」大家又轟起如雷掌聲。

「謝謝大家！那麼下來做我們當做之事。你們剛剛唱的那首歌提到『光』，其實每個人都有自己的光，你們也是我的光。只是每個人的光或強或弱，或時有時無。至於如何增加自己的光的強度和穩定，你們怎麼看？」

「靜心。」有學員回答。

「對。你們都能靜下心來沒被念頭干擾？甚至沒有念頭？」爸爸問。

明佐看他的同排左右，大部分搖頭，有人遲疑一下再輕輕點頭，明佐自己檢討，從結婚至今只偶爾能夠十分清靜，想起來有些慚愧。

「靜心、自然自發的微振動加上觀想，三者兼具，光將更強。然而我們受到世俗生活中各種欲望的引誘和認知上的偏差，以致於在第一項就困難重重，我們不能擺脫一些渴求，我們無法甩掉自己的喜惡，但在道場內我們可以暫時把這些通通擱置在一旁，你們說是不是？」

「是！」大家齊聲回答。

「只有體會了坐禪深層的快樂，我們才會想盡辦法多抽時間來靜坐，也惟有歷經禪悅不斷的洗滌，我們才有辦法解開一切習性的桎梏，以我有限的認知，這是唯一的途徑，別無他路。」

這些話講到明佐內心深處，他用力點頭。

「那麼我們現在就一起尋找快樂去吧！」爸爸說完盤起雙腿，全體學員跟隨。

現場初始有少數的咳嗽和身體挪動的聲音，慢慢皆平息，一片肅靜，明佐想到亞芳和女兒，幸福的嘆口氣。

「我不需要奢望其他了，一切都已完滿。」他對自己說，於是全然放鬆，專注於空中的嗡聲和身體的頻率，他覺察到外在的嗡聲和自己內部的振動有所不同，他等待著，不持任何設想，漸漸的，當外在的震動和內在兩者合而為一，他身體的界限居然一點點的消失，意識也變得透明潔淨，往外擴開，他看到父親跟他一樣，靈體同樣飄浮在上空，周圍泛著金光，至於那些學員們從微光、小光、到中光，各有各的程度，他興起一個念頭：

「如果這些光全部融合，會是什麼景象？」

才想完，立刻從上空落回身體內，他有點懊惱，幾經努力始終無法再上升，他只好將覺知守在天眼與丹田，處於暖熱、舒泰中，直至引磬聲響起。

父親伸展一下筋骨向大家說：

「佛法認為這個宇宙分為三界九地。三界為欲界、色界和無色界。欲界統為一地，色界四禪分為四地，無色界四空，也成四地，共是九地，九地中欲界在最下層，而欲界這一地，有天、修羅、人、畜生、鬼道和地獄等六道共處。人在欲界這一地的福報又次於天與修羅。你們說，我們的位階高不高？」

學員猶豫一下才回答：

「不……高。」

「教科書中常宣稱『人為萬物之靈』，這給我們高高在上的感覺，的確，以我們肉眼所見的植物、畜生……等，可謂比下有餘啊，但若比較我們看不見的呢？」

明佐想起自己前世處於四大天王天，只比世人高一點點，又想到黎老僅在短短的八十寒暑經由努力便直接上升到無色界：

「我還有好長的路要走。」他想著。

「我們是不是仍有漫長的路要走？」父親也問。

「是！」大家一致說。

「剛剛談到三界最底層為欲界，那麼什麼東西把我們羈留在欲界？」父親繼續。

「欲望。」許多人異口同聲。

父親安慰的笑了：

「很好，這也跟我們打坐有密切的關係。減少欲望就減少雜念，而減少雜念，打坐會更加殊勝，同學們，這也是大家和我最重要的課題啊。」

「師父，如何減少雜念？」坐在同一排最左邊的學員舉手問。

「我的方法是抽離，當欲望湧起時以客觀的角度去看它，你可選擇不順從，也可以去滿足它，不過滿足時一定得同時觀察。我的方法不一定適合你們，每一個人都可以發展出自己獨特的方法，八萬四千法門、條條道路通真如，我們今天上課到這裡，等一下還有節目。」

父親結束講道，立刻有人從台下搬上來一張桌子，另外四個人合作把大蛋糕小心翼翼的搬上來放在桌上，點燃蛋糕上一根大蠟燭。

「我們為敬仰的師父唱生日歌。」開頭時司儀回來了。

明佐唱著，心中感動莫名。

隔日晚餐時，他們夫妻也為爸爸準備了禮物和蛋糕，在唱生日歌時，小莉睜大眼睛看大家，拿起她的小湯匙敲著碗，模樣十分可愛，爸爸開心的笑了，切完蛋糕後把小莉抱在懷中，一小口、一小口的餵她吃。

「爸爸，昨天從道場回來，我查了三界的解說，看起來色界的天人重視的是禪定，無色界的天人則重視空性，所以在人世間會認真回應我們凡夫的祈求大部分是欲界天的天人，對嗎？」明佐問。

「我也這樣認為。」爸爸的表情嚴肅：

「仍受到慾念牽扯的天人比較能體會凡夫的苦楚，當然佛、菩薩慈悲，也會來幫助凡夫，但他們所持的目標是希望凡夫能走上解脫之路，和欲界的天人不同。」

明佐想到修羅和夜叉，這兩種生靈滲透人間企圖擴大勢力範圍，得到供養和崇拜，那麼欲界天的天人呢？除了慈悲的心態和採取信徒自願的心態外，是否目的也一樣？他欲言又止，父親好像讀到他的心思：

「鐵將軍是位不錯的神，如果可以和他談論這些，肯定會有收穫。」

11.

修仙在仙姑出巡日召集一群夜叉和羅剎至現場，本以為勝券在握，沒料到除了明佐這個宿敵外又跑出一個鐵王爺，把羅剎嚇得屁滾尿流，一溜煙全散伙，他倚靠在梯階旁的欄杆看到這一幕，低下頭悄悄隱沒在人群中。

鬱卒好幾天，今日用過早餐，他拿兩盤煎牛排，一個較生、一個較熟到密室，較熟的給夜叉摩里，摩里的豬鼻幾乎貼著盤子：

「香，夠香。」

拿起盤子，狼吞虎嚥，沒兩三下吸得精光，看到修仙捧著另一盤，遲遲未放在羅財神的壇上，摩里朝盤子長嗅幾口，阿諛笑道：

「給我吧，他已經很久沒來了，而且你這點供品滿足不了他的需要。」

修仙無奈照做，不過心有不甘：

「這些羅剎都是膽小鬼，下次見到穆苛，我一定好好修理他。」

很難得的，平常對穆苛冷嘲熱諷的摩里這次居然替他緩頰：

「我探聽過，這個鐵王爺被稱為羅剎終結者，喪生在他鐵劍下的羅剎不計其數。我猜，穆苛嚇破膽躲起來了。」停頓一下：

「對了，修仙，好歹您也是個仙，那天我們大家盡心盡力的，怎麼不見您大展仙威，扭轉頹勢？」

修仙的臉一陣紅、一陣白，滿肚子憋氣急著找出口，又覺得師出無名。

「哎！」摩里把那盤牛排也吸完，擦擦嘴、皺著豬鼻嘆聲氣：

「一個左行者已經很難對付，平空又飛出一個鐵王，我看我們成不了大事。」

這下子修仙再也無法控制，靈體暴漲數倍，頭頂到天花板，可是夢中大戰時左行者拋下的話在心頭響起：

「實力不夠又盲目擴大，雖能嚇唬他人，實際上卻弄虛了自己。」

沒兩秒鐘他縮回原形，默默的轉身離開。

匆匆坐上專屬的計程車前往公司，半路上發現最近肚子變大，穿的T恤變得太緊，腰際新長出的疣被布料摩擦得極不舒服，他抓一下緩解，沒多久重新癢起，持續抓太難看，不抓又難過，他不禁深皺眉頭。

「總裁，有什麼煩惱嗎？」旗下司機小南問。

這實在不能啟齒，他想到摩里：

「有人說我實力不夠，成不了真正的大事。」才講完立刻暗罵自己，這也大失顏面啊！

小南笑了：

「這有什麼關係，像我們計程車雖小，聚集成車隊就很大，馬雲的螞蟻金服不全靠小額支付交易嗎？結果最後大得連習皇帝都要出來收拾他。」

一語提醒夢中人，大廟拿不下，小廟總可以吧！積小成多變大，甚至以鄉村包圍城市呢。他第一次掏出千元大鈔打賞自家的員工。

進入辦公室，今天好事真不少，看著桌上的報表，計程車隊和按摩院業績穩定，新併的泰國浴上個月轉虧為盈，而貿易公司向一家新發掘的餅乾工廠所訂的幾批貨迅速消化，股總計畫向美國輸出這些餅乾也通過食品檢驗，獲得了許可證。

「危機常是轉機。」他預感日子將翻轉了。

下班後去旗下的泰國浴，弄得上下通暢，回家用過晚餐，到秘室找摩里。

「穆苛依然沒有露臉？」他問。

摩里搖頭。

他生氣穆苛不告而別，繼之想，反正眼前用不著這些羅剎，有他們參與反而礙事，他把心中的構想告訴摩里。

「太棒了。」摩里雀躍不已：

「小的沒關係，有勝於無，我們又要去攻佔嗎？或……」摩里歪頭想著：

「如果用買的就沒有現成管廟的人事糾紛了。」

「哪有那麼多廟可以買？」他不以為然。

「應該有，我在鄉下遊蕩時見過許多荒置的小廟，神去廟空，和廢墟沒有差別，修仙，您把它買下，稍加裝修，我來努力顯靈，讓您大把大把銀子賺。」

他聽了仙心大悅：

「那麼你明天早上去看哪裡有得買？」

「不必等到明早，現在就去。」摩里比他還急，縱身飛去，消失於夜幕中。

摩里到第三天早上才現身，撫著大肚子笑臉迎向：

「這兩天米糕和爆米花吃撐了。」

他以為摩里沒去辦正事，臉色下沉。

「別！別！修仙。」摩里忙揮手：

「找到了兩個不錯的物業，一個在南投，一個在彰化。」摩里把影像傳來，南投的在街道盡頭，緊鄰田埂，彰化的在鄉鎮中心的巷內。

「另外給您看這個。」影像中一個羊角地形夜叉坐在神壇上，許多信徒舉香禱告著。

「這是我的老朋友富奇，他當上了邱太爺廟的神，香火鼎盛，我向他討教，也在他那邊吃了許多米糕和爆米花。」

原來如此。

「富奇教我許多做神的道理。」

「喔，是嗎？講來聽聽看。」這挑起了修仙的好奇心。

「他說要把信徒當成顧客，令他們滿足才會再度上門，也才會介紹親戚朋友來。」

簡單的生意經罷了，被這兩個夜叉當成寶貝，修仙有點不耐煩：

「那麼怎樣去滿足信徒？富奇有說嗎？」

「有，他說多找一些孤魂野鬼來差遣，鬼本來就有小通，碰到請求可以叫他們多蒐集資料做預測判斷，沒把握就拒絕。」

「拒絕太多，或請求不應驗，信徒還會來嗎？」

「這我也有問，富奇說不用怕，只要一個有準，就可能介紹二個到七、八個人來。而且就算拒絕信徒，也可以使些小通，譬如移動信徒家相關的物品……等等，讓他以為有神在照顧，這個通常是富奇親力親為，不能叫鬼去，以免嚇到人家。」

聽到信徒會介紹那麼多朋友，他在心裡歡呼，這真是一門不錯的生意：

「明天就帶我去看那兩處廢棄的廟吧！」

「是的，修仙。」

冥冥之中自有安排，彰化那間廟地點很好，在熱鬧街道的巷弄內，因為在大家樂全盛時期被一個下大賭注揁龜的人搗毀，閒置許久，地主早想脫手，但因為做過廟地，許多人忌諱，修仙以市價六成，每坪八萬買下。卅坪的產業比起他在仙姑廟投資於前主、副主委身上的金額，不到六分之一。他評估，主結構還很牢靠，左牆缺損的地方需要以磚頭重砌，表層的老式花磚應該找不到了，索性全面覆蓋花崗岩，至於神壇破爛不堪，本來就得訂製新的，總共八坪的建物含設備，頂多花個兩百萬便可煥然一新。

南投那塊更小，要價更便宜。地主說原來是個土地公廟，後來逐漸沒有香火，他懶得再維護，如今有人要，他樂觀其成，十坪土地花不到四十萬，因為廟的實體不到兩坪，他打算在進口處搭個鐵拱門，看起來較壯觀。

摩里歡喜得在他四周手舞足蹈，回來的路上一直在他耳邊囉嗦：

「修仙，您看，我們延用夜財神這個招牌好嗎？」

「財神……應該是好主意，這些凡人最喜歡發財的事了，您覺得如何？」

看他沒反應。

「不然健康神也不錯，凡人最顧自己的健康了，嗯，父母……子女的健康也十分在意。」

「還有兩間廟我照顧不來，嗯……找誰來分擔呢？」

沉默一陣子：

「我那好兄弟屈衣，您覺得怎樣？他兩次在仙姑廟都為您做過馬前卒，拼過命……」

修仙不堪其擾，突然爆出一句：

「回家再說吧！」

司機以為在說他：

「總裁，您指的是什麼？」

「我在講電話。」他楞一下，掏出手機來：

「你專心開你的車。」

12.

過了一年多，一個星期六，亞芳帶著小莉去工廠，今天明佐應他父親之邀，先去道場，下午去學生家，預計傍晚到工廠和她們母女會合，這個小妮子和她爸爸告別時不但難分難捨，緊緊抱著明佐的脖子不肯放手，眼看時間快趕不上，明佐示意亞芳把小莉的雙手扳開，強行抱走。小莉放聲大哭，宛如生離死別。

她們母女坐上計程車，小莉淚痕未乾，但注意力已經轉移到她玩了一年多的空手道玩偶上。

「踢！再踢！旋轉踢！」小莉邊按邊喊。

「小莉，妳不喜歡跟媽媽去工廠嗎？」亞芳問。

「喜歡呀！」童稚聲音清脆。

她摸著女兒的頭：

「那麼妳剛剛為什麼哭得那麼傷心？」

小妮子放下玩偶，張著大眼睛看過來：

「媽咪，我好愛……好愛爸爸。」

講得異常鄭重，聽得計程車司機笑了：

「這位太太，妳女兒多大？」

「再三個月滿兩歲。」她回答：

「將來一定很聰明。」司機讚道。

亞芳笑笑，心裡說，現在就很聰明，她總覺得女兒一定也是從天上下來的，看樣子可能是明佐的舊識。

「一個暗戀者？」也許，不過明佐前世的心就掛在她身上啊，這一世更是。

「可憐的小莉。」她摸一下女兒圓嘟嘟的嫩頰，不自覺的把小妮子摟得緊些。

工廠新增了一套自動化機器，此刻正全力運轉，為了創造新紀元，亞芳把以前所賺的附上自宅房屋抵押來的貸款和上銀行融資，才湊足全部的金額，她的老東家—現在唯一的合夥人大呼吃不消，只能拿出部分的增資，她只好拜託明佐代墊，等到分紅時再歸還。但即使有這台機器的運作，依然沒法子應付如雪花紛飛而至的訂單。

「國內的訂單應該有小莉的功勞。」她看著辦公桌上小莉嬰兒時涎著口水手拿餅乾的照片，自從把它當成商標，產品也改名為「小莉的最愛」，銷售就一路飆升。

「至於海外便全歸盟雄貿易了，從離島的舖貨開始到轉換成美國市場，他們的總數量佔了三成多。」在貿易公司上班的明佐曾經為了這個向她警告。

「小心啊，成也蕭何，敗也蕭何！」明佐說。

「什麼意思？」她問。

明佐解釋，西漢的開國功臣韓信的竄起緣起蕭何的力薦，最後韓信坐大，劉邦感受到威脅，也是蕭何出的主意誅殺韓信。

「這和我有什麼關係？」她不解。

「一個大客戶下大訂單促成了公司的發展，反過來這個大客戶有一天突然抽單，不再往來，公司可能一蹶不振。」

當時她仔仔細細評估公司的開銷，萬一僅剩六成多的營銷，在這種最差的狀態下，利潤將少了四分之三，不至於垮台。

「怕什麼？我有睿智的先生當顧問呀！」她回應。

前天殷總來電，說等一下來談新的計畫，她做好了心理準備，最壞的情況都撐得住，沒什麼好擔憂，她眼睛向外搜尋小莉的下落，小莉最近來了幾次，和她新聘的年輕秘書詩倩成了好朋友。詩倩會帶著小莉到處逛，或玩新把戲。現在兩人在調料室，詩倩好像拿出她們在實驗的各式鳥類模具在教小莉做餅乾，她連帶想道，這次的經期延遲一個禮拜沒有到來，也許吃完晚餐應該去藥房買驗孕棒……。這時看到門口進來一個熟悉的身影，她馬上起身相迎。

這個殷總雖然長相還算斯文，但隨著雙方日漸熟稔，越來越沒分寸，眼睛常常肆無忌憚的瀏覽她全身，最後停留在她的胸部，至於邀約吃飯的次數不下八次，都被她拒絕。

雙方寒暄後殷總說：

「上禮拜我和幾位同事到花蓮秀林鄉的秘境溯溪、游泳、烤肉，同事直呼好玩，漂亮的董事長去過嗎？」

她搖頭。

「真的不錯，哪天妳有空，我帶妳去見識，很值得的。」

她禮貌性的淺笑：

「不必麻煩殷總，告訴我地址就可以，我先生找路很厲害。」

「妳結婚了？」他的表情僵住了幾秒鐘：

「先生沒有和妳一起工作？」

「沒有，他有自己的事業。」

「喔、喔……」殷總從公事包拿出卷宗，抽出第一張：

「這是我們公司一年多來給妳的全部訂單。」

她瞄一眼，這些她全知道：

「感謝殷總的栽培。」

「這是未開拓美國市場前，這裡是開拓美國市場後，妳看，曲線圖急速上升。」他撐起上半身，頭靠過來，手指先划過她的手掌，再落在圖上。

她身體往後縮：

「是的，我了解。」

「好，這個美國市場只涵蓋西岸的加州和華盛頓州而已，我們計畫繼續往東岸發展，甚至到每一個角落，如果這樣，妳怎麼應付這龐大的訂單？」

「恐怕不行，我們的生產線滿檔了。」她不假思索的回答。

殷總回頭看一眼後面的廠房：

「我也認為不行，妳們起碼要增加一條生產線，甚至兩條，可是這裡的空間連再擠一套設備都有困難。」

她完全認同。

「所以呢，我為我們兩方擬定了一個雙贏的策略。」殷總又從卷宗拿出幾頁的裝訂本，遞過來：

「為了迎接未來，我的公司將在加州設一個發貨倉庫，這個不勞妳們，但是妳們必須配合，這裡有一套完整的解決辦法。」

她翻開第一頁，跳過前言，直接看下文。第一段入目的便是租更大的廠房，面積足夠容納三條以上的生產線和對應的原料室、配料室、和倉儲……等，她馬上闔起卷宗：

「我沒那個資本。」

「不急，不急，妳把它看完。」殷總熱烈的說：

「為了達成目標，盟雄願意出資七成，『小莉的最愛』出資三成，但分紅時，小莉得四成，盟雄只得六成，另外公司業務由小莉全權處理。」如此一來，她想，先不說目前自己阮囊羞澀，她們以後極有可能面臨被踢走的一天，她不想看下去：

「謝謝您的用心，我對現況很滿足，不想擴充太快。」她站起來，準備送客。

「滿足現狀？有一句話說『不進則退』，妳聽過嗎？」殷總依舊坐著，眼光凌厲的看過來：

「如果我們轉向別家公司下單呢？妳們的現況如何維持？」

「我們只好逆來順受，您想怎麼辦就怎麼辦！」她也動怒了。

此時小莉突然闖進：

「媽咪！媽咪！看我做的餅乾。」

詩倩站在門口掛著抱歉的臉容，聳肩兩掌向上攤開。

她看著小莉殷切的樣子不忍責怪，把小莉抱起，小莉塞餅乾到她嘴邊，她咬一口：

「好吃，小莉真能幹。」

「這是妳女兒，好可愛呀！」殷總站起來堆滿笑容：

「來，叔叔抱抱。」他伸出雙手。

小莉轉頭看他一眼，臉色大變：

「不要。」靠回她的胸膛，緊緊摟住她的頸項。

「小孩子怕生，殷總請不要見怪。」她只好這麼說。

「沒關係，沒關係。」殷總又抽出一張表來：

「這裡我試算了妳們未來的營業額和利潤，投下去的錢兩年就可以回本了，雖非一本萬利，但大有可為，強過許多其他的生意，妳有空多想想、研究、研究。」

殷總終於告辭了，她鬆一口氣，等到他走出大門，她問：

「為什麼不給叔叔抱抱？」

「媽咪，怕怕。」小莉的頭更往她衣服裡鑽。

「為什麼怕怕。」她很好奇。

「叔叔的頭灰灰。」

她這才明白女兒繼承了她們家的基因，與生俱來能夠看到每個人頭上泛發氣體的顏色。但與其歸由於基因，勿寧說她們都來自天上，物以類聚，人也同氣相連。

修仙開完會，拿出公事包內的望遠鏡，站在窗外前四處觀看。這是他的新嗜好。現代科技真進步，十五公分長的器具能夠看到一公里外，一旦鎖定目標，調整好鏡頭，鏡中人的表情一清二楚。辦公大樓少有看頭，反而住宅大樓偶有新鮮事，如婦女更衣，忘了拉上窗簾，或父母對待小孩……等等，其中最有經濟價值的莫過於頂樓和防火巷的違建，據說曾經有個文學大師就做過這類的檢舉要脅，向業主索取遮口費。

「我是何等人物啊，豈能幹這種小鼻子、小眼睛的事。」他想。這一年來他過得風調雨順，買了兩處廟地，摩里本想援用「夜財神」這塊招牌為廟名，他直覺「財神」兩個字甚好，凡夫不都喜歡發財嗎？談到賺錢兩眼發光。但這個「夜」字會有不好的聯想，像「陰」或「不走陽光大道」之類，他靈機一動，取「夜」的同音字，換「葉」，摩里欣然贊同，摩里選擇了彰化那處廟，至於南投，摩里建議讓他的好兄弟屈衣坐鎮，他沒反對，神靈的事很快定案，至於怎樣推展廟務和管理，他毫無頭緒。

「怎麼辦？」他在心中琢磨數日，終於想通廟也是公司，就當成不同業務的公司來經營，自己操盤？沒時間，並且直接把廟和自己劃上等號，對於手中現有的企業不一定有正面效果。

「那麼就應徵人才吧！」心意既定，他向人力資源公司徵求有開拓市場和管理經驗的人選，在高薪的吸引下，來了一堆人，他看中了玄運，學經歷都不錯，談到最後他直說了。

四十出頭的玄運聽到創廟和經營，只楞了一下，笑笑回：

「廟是時下最紅的事業，我願意試試。」

「如果你來主導，你將怎麼做？」

這次想了較久：

「因為是新廟，要藉一些手段去宣揚神跡，沒有既成的，便假想。嗯……，成立網站，用許多人的身分去陳述他們的有求必應，這個簡單，而且不必花錢。至於廟的現場，嗯……，我計畫常常組織進香團去膜拜，不時有謝神的活動，如演歌仔戲酬神，不……考量成本，歌仔戲太貴了，布袋戲較便宜……」

他平生第一次饒有興趣的看眼前坐的人，反應快、思慮清楚。

「對了，我們廟的主神是？」玄運問。

「葉財神。」

「葉……財神？不好意思，我孤陋寡聞，不知道有這一尊神。」

他笑在心裡，只是看回去。

聰明的玄運好像懂了：

「祂靈嗎？」玄運接著問。

修仙慎重的點頭。

「知道祂的來歷嗎？」

修仙搖頭，真正的來歷豈可說。

「那麼我們得編造出一段歷史來。」

他彷彿看到未來進軍政壇的代言人。

「好，你被錄用了，明天可以來上班嗎？」

「可以。」玄運似乎也等不及。

「你多久可以擬出一套完整的策略？」

「五天好嗎？」

結果玄運只花三天就拿出來，現在兩間廟日進斗金，玄運建議拿出一成做公益，在當地頗獲好評，他三不五時就再去覓地，並繞道查看旗下廟的運作，但又不想入廟，怕被揭露身分，後來玄運為他買了這個望遠鏡，可以遠視，如近在咫尺，瞭若指掌，使他的生活增加了一些點綴。

今天外頭沒有什麼新奇，他收起望遠鏡，回到辦公桌前，想到方才殷總報告「小莉的最愛」對他們的提案不感興趣，他當時十分不快：

「這麼優惠的條件都不要？」

「是的，董事長，她雖然長得十分漂亮，不過也十分固執。」殷總戰戰兢兢的回答。

「她是個女的？」他驚訝。

「是的。」

女的？他這一生遇到許多中意的，不論用個人魅力征服，或以金錢來交易，無一不手到擒來。

「也許應該去會會她。」修仙想。

13.

在道場上，明佐內在的振動和外在的頻率合而為一時，他再度感到身體的界線一點點的消失，變成一片透明的雲霧，既是自己，又和四周融合，他頭腦不起漣漪，平靜享受著「一」境界。那種幸福感筆墨難以形容。

下坐後與父親及張姓學員會合，司機小薛載他們三人往南投出發，張員在途中自述，從小便經常看到一些灰影的移動，起初他感到害怕，往母親身上靠攏，並試圖指出，可是母親看不見，只安慰他那是眼花或幻覺，不必當真。他接受了這種講法，即便以後見到，身體起了嚴重的雞皮疙瘩，他也告訴自己不必在意，一直到加入道場：

「應該是氣脈打通吧，漸漸的我能夠看清楚那些灰影的具體形狀，後來甚至連表情、動作也完全呈現。」張員說：

「我確定了他們真實存在著。」

「你會更害怕嗎？」明佐問。

「不會，我也看到了自己氣體，那些灰影沒有侵犯的意思，頂多默默的在四周觀察我。」

爸爸稱許：

「張先生有特殊體質，又努力修行，是我們道場一位很傑出的學生。」

車子開了兩個半小時抵達南投市郊張員家的古厝，張媽媽熱誠的以松柏嶺的四季春茶招待，佐以當地四種美味的小吃。

和一般的三合院不同，他們的正廳是家人看電視和見客的地方。聊了這個三合院的歷史與當地的風俗民情後，張員帶他們父子去右側的神明廳。在古色古香的神桌背後牆上掛著西方三聖的畫像，桌上立著張家的祖先牌位，此刻一個地形夜叉坐在旁邊。

「貓形的，對嗎？」張員上香後取來紙筆寫下，遞過來給他們父子看。

他們一致點頭。

「怎麼辦？」張又寫道。

「先將他們驅離如何？」父親對張低語，張員說好。

貓形夜叉聽到了，對他們睜大眼睛，憤怒的咧開嘴巴。

「這不是你應該來的地方。」父親對神桌的方向說，隨即站著靈魂出竅，亮出寶劍將貓形夜叉押至戶外：

「再來就殺無赦！」

貓形夜叉抱頭往外急竄。

「謝謝師父！」張員感激：

「請教師父，這個牌位怎麼辦？」

「我沒看到你的任何祖先徘徊在周圍，他們或許都已投胎另去了，不過預防萬一，把牌位放置於正規大廟是不錯的做法。」

張員想一下，問：

「師父認為這個貓形夜叉可能再回來？或其他的怪東西會來佔據？」

「只要有祭拜，就會招惹吸引。」爸爸回答。

「了解，那麼放在廟裡會是一個好辦法，我來說服我媽媽。」

告辭了張母，張員說：

「師父，這附近新開張一間小廟，香火鼎盛，你們有趕時間嗎？如果沒有的話，我想順道帶您們去參觀。」

父親應允，吩咐小薛照辦。

廟真的不大，看出舊建築補修的痕跡。在鐵製的拱形入口處懸掛著「葉財神」三個斗大的字，格外顯目，廟中有六位香客，以下午時分和這等規模而言，判斷起來是一間頗靈驗、受人歡迎的廟。

他們走近，明佐好似看到熟悉的身影，抵廟前五公尺處，他心中的懷疑落實，在神桌雕像後正坐著兩度在仙姑廟和他交手過的綠冥火地形夜叉，那個夜叉也看到他了，眼睛張著銅鈴大，由鼻子伸出如蝸牛的觸鬚急速抖動著，一手撐著桌面，另一隻腳屈起，一副準備開溜的模樣。

爸爸問他怎麼了。他把現在所見和以前的經過說了。

張先生直點頭：

「那麼證實我所看到的沒錯。」

他吸一口氣，兩拳堅握。父親覺察到了，拉住他的手臂：

「兒子且慢，我們先離開這裡再討論。」

他不得已，轉身之際瞧到夜叉戒備的姿態也放鬆下來，回到車上，明佐問：

「爸，那您想什麼時候趕走他？等晚上沒有香客時？」

父親搖頭：

「放過吧！」

「為什麼？」他不解。

「那個夜叉現在的所作所為並不差啊，兒子。」

「怎麼說？」

「廟會興盛的原因一定是能滿足信徒的祈求，從這點來看，他符合百姓和社會的期待。」

「不管這個夜叉過去的所為？」

「過去只能參考。如果一個惡人痛改前非，開始做好事，是不是值得鼓勵？」

這點無可辯駁，他拿以前碰到的大輪金仙廟事件來比較，如果這個夜叉不是巧取豪奪，又沒有羅剎助陣，以人為食，那麼的確無可厚非。

「兒子，我們處於一個被欲望操控的社會，只要可以讓他人滿足，就可得到受者的好評，如同政客、父母的寵愛……等，百姓公廟也是。」

明佐又想到仙姑廟內的大眾爺。

「大家都沒考慮，暫時滿足欲望的後果將如何？一味地去追求欲望，一個接一個，很難停止，對於靈性的未來又如何？」父親停頓一會，語調感慨，接著說：

「對受者如是，其實對施者也如此。」

明佐腦中轟然巨響，頓時空白一片，不能思考。過一陣子想到鐵將軍，現在的鐵王爺，他向父親建議回程去鐵王廟，父親很爽快：

「也是時候該去見這位昔日的同袍了，小薛，」父親提高聲音：

「你知道鐵王廟怎麼去嗎？」

「石大師，上次鐵王廟開典時，我曾載公子和一位老師去過。」小薛應道。

「我記起來了，有這一回事，而且那次……」父親轉向明佐：

「黎老他……」

「走了……離開了。」他黯然回答。

父親輕拍他的手：

「那我更要把握這次機會。」

行經蜿蜒山路，景色蒼翠，爬過兩個山坡，一處灰瓦大莊園出現在眼前，一個人站在入口處，他們三人甫下車，那人急步向前，是廟祝明笙。

「石公子，鐵王爺知道你們要來，歡迎之至。」

明佐父子互望一眼。

明笙帶他們穿過庭院，沿路父親微笑，不時點頭，跨過大殿，神壇上的鐵王爺發著光，明佐聽到鐵將軍對他耳語：

「謝謝左行者，把令尊右行者帶來了。」

他轉向父親，父親也正專心聆聽，顯然和鐵將軍在交談。

明笙帶他們到會客室，廟裡志工送來茶水和點心，鐵將軍現身和他們交談。道盡彼此的近況後，鐵將軍稱讚他們父子在塵世中不懈怠的修行，尤其父親，父親則誇獎鐵將軍在修行中也濟世，幫助老百姓，累積了無數的功德資糧，沒料到鐵將軍說：

「右行者，這也是前進的障礙呀，差不多是該放下的時候了。」

這讓明佐再度受到衝擊。

父親對鐵將軍豎起大姆指：

「不過，你這裡的基業才建立不久，若就此一走，誰來照顧這些信徒？」

「我以前的副將果毅，他隨我修行數百年，功力不輸於我。」

「他在這裡嗎？可否請他出來，大家認識？」父親問。

「不，他不在這裡，我要他先留守在對岸的舊廟，但那邊的政治、社會環境不允許，少有用武之地，等我交接給他時，一定邀請兩位行者撥空前來。」

父子俱表示十分期待。

明佐接著講今天下午所碰到之事，從張先生的祖先牌位到那間小廟：

「鐵將軍還記得上次仙姑出巡嗎？」

「怎麼會不記得。」

「其中圍攻仙姑轎的一個夜叉已經化身為葉財神供人祈求崇拜。」明佐語意中仍有幾分的不以為然。

鐵將軍的聲音維持一貫的平淡：

「那次我對付圍攻八家將的一群羅剎，當他們散去後尾隨他們的主將去踩底，沒注意到發生在仙姑轎四周的事。」

「有何收穫？」明佐想知道。

「和你們今天所見有點類似。這個羅剎不往鄉林野外去，反而進入市區一棟大廈的頂層，那戶有一間密室，供奉著夜財神和羅財神的壇位。」

明佐心中有譜了：

「這個羅剎便是羅財神？而那個夜財神供奉的是夜叉？」他望向父親：「而這個夜叉的夜財神即有可能就是我們下午拜訪的葉財神，只是將黑夜的『夜』字改為樹葉的『葉』字？」

父親臉色變得凝重起來。

「對的，這個羅剎回到羅財神的壇位上，但在夜財神的壇位，沒看到夜叉。」鐵將軍肯定了第一點。

明佐憶起那天仙姑出巡時的混亂，羅剎眾先潰散，夜叉晚一點撤離，也許……。

「所以有人蓄意供養這些羅剎、夜叉來驅使？」父親說出他心中的疑慮。

「這個人可能是陰謀篡取仙姑廟的主使者，並且也是葉財神廟的幕後主人。」明佐覺得藏鏡人呼之欲出：

「上次黑道染指仙姑廟時，當選了四位委員，其中兩位胡、趙經常列席開會，姓趙的對姓胡的唯命是從，這位姓胡的曾經為了懷恨我壞了他的大事，故意和我眼睛對焦，進入我夢中。」

他敘述夢中大戰後做出結論：

「這個姓胡的前生是個阿修羅，於此世重新獲得一些能力，他來指揮夜叉和羅剎資格夠，力量也足。」

鐵將軍和父親都點頭。

「這個姓胡的想得到什麼？金錢和影響力？」明佐搖頭自語。

「我以為兩者都想，身為欲界中很難逃脫欲望的牽制，對動物、鬼道、人、修羅、甚至神都如此。」父親接著道出。

鐵將軍沒有反駁，輕輕道：

「右行者所言極是，差別在於心態和所用的手段，如果百姓能看清楚，相信他們會選擇神而非修羅、夜叉或羅剎。」

「問題是他們無法看清楚，又欲望一堆，總希望有神力來幫忙促成，如果這位神一時無法滿足他，立刻另找一個，甚至多方管道著手或病急亂投醫，只要有人稱靈，趨之若鶩。」父親嘆息。

「這就是人性，但總不能讓這些心態不正，手段偏激的靈來主宰人類。」明佐說。

「沒錯，只要我為神一日，我就不允許這些事在我眼下發生，我會繼續留意那戶供奉夜叉和羅剎的人家，並證明主人是否為胡某。」鐵將軍以此結尾。

他們談了一個多小時，回到車上，只能看見不能聽到的張員打破沉默：

「師父，您們剛剛在討論夜叉的全面入侵嗎？」

「是的。」

「有法子杜絕嗎？」張員問。

父親搖頭：

「我看很難，人們欲望太多，四處求拜，有需求就會有人設法供給，這也是一種市場行為。」

「那怎麼辦？」張員憂心。

「只能對行為不正的邪靈加以懲罰。」

「那夜叉佔據神位，供人膜拜，難道就縱容下去？」張員有點氣憤。

「如果夜叉向神看齊，善待百姓又呼應請求，也沒不好的手段，那麼為何不允許呢？」父親反問。

張員支吾老半天，可是……可是的，又說不出具體的理由。張員的車子停在道場旁，小薛先送張員過去，再送父親回家，最後載明佐到餅乾工廠。小莉遠遠望見，放下手中玩具，飛奔而來，大喊一聲：

「爸爸！」

當他抱起小莉時，亞芳也走出辦公室，含笑看著他們父女。

14.

修仙在一個月內接連購進另外兩處荒棄的小廟，簡單裝修後重新推出，反應不錯。他參與摩里召開的葉財神集團神明大會，摩里一臉穩重，向新找來的兩位葉財神諄諄告誡：

第一：要勤勞。

第二：如果對信徒的請求做不到，也得略顯神蹟，使他們不會喪失信心。

第三：嚴選前來依附的孤魂野鬼，加以管控。

雲林新開張的小廟神陸林夜叉提問：

「可以移動信徒家中的小物件嗎？讓信徒知道我們在關懷。」

摩里回答：

「可以，但儘量不要當著信徒的面，除非你確定他的膽子夠大，至於選哪一個物件，最好找有關連的或有象徵意義的，譬如希望小孩成績變好，那麼動用小孩的書本或筆的排列；祈求健康的，凸顯報紙上或雜誌的運動或醫藥的報導……等等。」

很有大企業CEO的架式，看得修仙心花朵朵開。

「你們運作得越好，我的收入越豐。」修仙坐在辦公椅上回想，心情舒快，拿起茶杯啜一口，發覺茶水已涼，正準備呼喚外頭的秘書，內線響了：

「董事長，我可以去見您嗎？」

是殷總，修仙應好，叫他順便拿一杯熱茶進來。

殷總重提參與餅乾工廠的擴建案：

「我們向『小莉的最愛』開出更優渥的條件，不過在雙方合約藏一條但書，日後得以翻盤接收。」

「好傢伙，學到了我幾分的精髓。」修仙在內心讚嘆，另外也提醒自己要小心提防此人。

「你打算開什麼條件？」他喝一口茶，溫度恰到好處。

「小莉的最愛只要出資兩成，卻可分紅五成，並有完全的主導權，至於但書，載明以後公司萬一有負債情況無法償還，雙方須按實際出資額比例承擔之，但之後公司恢復一般常態，得以取消特別分紅及特別條款。」

他想了想：

「這個但書要請公司法律顧問加以修潤，讓取消特別條款的字眼從表面上消失，但是內涵不變。」

「好的。」殷總虛心受教。

「另外財務方面，要求……」他語未歇，殷總立即插嘴：

「必須由我方指派。」

他笑了：

「不錯，考慮周詳，在遞交這個新方案前，帶我去參觀一下。」

「董事長何時有空？」

他看了行程備忘錄，這幾天排得很滿，有一些社團活動和善心人士的表揚，此外又答應了泰國浴的新寵小蓉去梨山。

「看來只有星期六的傍晚了，你可以嗎？」

「靜聽董事長的吩咐。」

自從亞芳確定再度懷孕後，石家一片喜氣洋洋，尤其是明佐的母親。在共進晚餐，明佐宣佈的當下，媽媽立刻從對面離席走過來緊握她的雙手，激動的說：

「我們石家打破單傳的箍咒了。」

爸爸笑得更慈祥。

小莉不知怎麼了，敲著小湯匙說：

「弟弟！弟弟！」

媽媽高興又訝異：

「這麼快就知道性別了？」

「媽，妳別聽這個小妮子瞎說。」

爸爸站在小莉這方：

「我以為小莉是對的。」還煞有其事的向小莉眨眼。

「無論如何，阿嫂！」媽媽大聲向廚房喊：

「等一下把上次亞芳懷胎的補方找出來，我們一塊來整理。」

頓時亞芳的心都酥軟了。

今天是星期六，前幾天小莉看了明佐買的「認識動物」的圖畫書，一直問他們夫妻，什麼地方可以看到大象和長頸鹿？恰好明佐有空，準備帶小妮子去開拓眼界。

亞芳坐在辦公桌前看手錶，10:25。

「差不多出發了。」她估量：

「可惜不能和他們同去，這個小妮子初次見到這些動物的表情，一定很可愛。」

小莉那時有問：

「媽媽呢？媽媽要一起嗎？」差堪安慰，雖然獲知她工廠忙且因懷孕身體不舒服不能陪同時，小妮子沒有十分失望。

「這個小傢伙本來就比較愛她爸爸。」她摸著肚子不禁想：

「如果此次懷的是男胎，出生後應該會愛我多一些吧！而且肯定和小莉一樣，好看又惹人憐愛。那麼……。」一個念頭飄進來：

「再創立一個品牌，如小俊的最愛，或小睿的最愛。」

敲門聲打斷她的突發意想，詩倩探頭進來：

「芳姐，盟雄貿易的殷總在第一線上，妳要接嗎？」

不管喜不喜歡，公司的大客戶豈可怠慢，她拿起電話：

「殷總，近來好嗎？有什麼吩咐？」

「我們公司修正了上回合作的提議，這次把給貴公司的優惠大幅提高，今天傍晚我送去妳那邊好嗎？我們董事長也想順便認識妳和參觀妳們工廠。」線上那頭說。

雖然對任何方案都不感興趣，她可不能魯莽拒絕，雙方約好四點半左右。她喝了隨身攜帶的蜂蜜水，看了上月的財務報表，盈餘持續攀高，照這種情況下去，第一套自動化機器的銀行貸款有希望在一年多內全數償清。她靜下心來傾聽機器運轉的聲音：

「這根本是一台印鈔機呢。」

她低頭對尚未隆起的肚子說。

「孩子，像你姐姐一樣，給媽帶來好運，我們自力再購買第二台自動化機器。」

明佐聽看著小莉在動物園不斷驚呼：

「爹地，這是羊呢！這是猴子……」

難得這小小的頭腦記得住這麼多動物的名稱。

看到蛇時她轉頭就走。

「小莉，妳不喜歡嗎？」

她搖頭，一雙小手矇住眼睛。

結果他們在鳥園停留最久，紅鶴令她十分著迷。她甚至試圖單腳獨立，引來同在一起參觀的群眾注目，許多人拿手機拍照，他沒阻止。中午在園區的麥當勞店用餐，吃一半，小莉打起瞌睡，他將她抱在懷裡，繼續完成他的午飯，吃完用紙巾抹嘴，順便擦掉小莉嘴邊的一點奶昔，看著美麗童稚的臉龐，不禁想：

「種種跡象都顯示小莉可能是天王的契女小麗轉世，不知天王身邊有新的契女和左、右行者嗎？契女不一定有，但絕對有繼任的左、右行者來領軍……」

他回憶在四大天王天的種種，享樂、征戰、防禦，和當時身為修羅軍冷帥的亞芳兩人偷偷的在雲朵裡面約會，終於在此世如願以償。

「不知亞芳肚內的胎兒來自何處？如果女兒源自父親的舊識，那麼假若是個男孩，說不定來的是個阿修羅。」

有一個男士走到他面前：

「可以打擾一下嗎？」

他以手指著小莉：

「小聲講，什麼事？」

「你的女兒很可愛。」對方同時遞來一張名片，他低頭看：

譚木栓

ｘｘ影視公司導演兼製作人

他瞭然了對方的企圖，果然下一秒譚先生說：

「我可以邀請你女兒到敝公司試鏡嗎？如果錄取的話，拍廣告的機會很多，甚至可能拍電影。」

他笑了笑：

「這個小妮子已經被一家廠商簽了專屬的代言約，不得再為別家做廣告。」

「真的，哪一家這麼有眼光？」譚先生顯得十分驚訝。

「餅乾，小莉的最愛。」

「小莉的最愛？那也是我們家最常買的點心。」譚先生眼球朝上，往記憶中蒐尋：

「沒錯，沒錯，餅乾盒上印的是她小時候的照片，嗯……會這麼小就被注意到，莫非你們和廠商有很深的淵源？」

他微笑默認。

譚先生離開不久後小莉醒了：

「爹地，我要看大象和長頸鹿。」

和預期的一樣，小莉對大象的長鼻子、大耳朵和長頸鹿的長脖子覺得有趣，他當場左手捏鼻，右手伸過左手彎曲的空隙，充當象鼻子去撥弄小莉的衣服和頭髮，弄得她樂不可支。他回想到小學一年級時父母曾帶他去泰國坐大象，看大象的表演，至今記憶猶新。也許等第二個小孩可以走路時，就安排全家一起去泰國旅行。

父女玩到下午四點半返回餅乾工廠，他事先line給亞芳，抵達時亞芳站在門口等候，小莉下了車朝亞芳跑過去，被抱起後小嘴嘰嘰喳喳的訴說在動物園的所見所聞。

就在此時另一輛計程車也開到工廠前的馬路上，車子後座坐著兩人，其中一位搖下車窗，從公事包內拿出望遠鏡遙視一會，收起對鄰座說：

「我忘記還有另一個約會，殷總，你自己去，我先離開，再請司機等一會兒來接你。」

15.

經明佐父母的勸告，亞芳夫妻終於決定去學開車，並在同一天雙雙考取駕照，隔日便收到明佐父母送來的大禮——一台嶄新的Lexus Rx 350，從那天起明佐天天載她和小莉，先送小莉去明佐父母家，然後送她到工廠，明佐再去上班。今天不一樣，是她掌舵，先送小莉，再送明佐去捷運站，他將轉乘高鐵去高雄出差，然後她開去工廠，在將車子倒車入庫時不慎擦撞到牆壁，她趕緊下車察看，右邊保險桿出現小凹痕，讓她十分心疼。

坐在辦公桌前，想到會發生這個意外，得怪盟雄貿易的新方案，他們把條件訂得那麼優渥，她第一個想法是「所為何來」？明佐也說，這是前所未有，必定有所圖。只是兩人都不敢確定盟雄最終想要什麼？擴大銷售量？也對，不增加生產力，「小莉的最愛」無法供應他們目標中的數量。然而、然而……真的只為此？她左思右想，第六感警告她，這是誘餌陷阱。不過，在方案中實在看不出，因為講明了她擁有絕對的主導權，所以接受或拒絕，這五天來無時不刻在她心中擺盪。

內線響起，詩倩告知，是殷總打來的，她拿起話筒。

「漂亮的董事長，考慮得怎麼樣？這種條件打著燈籠找遍全世界都沒法子找到。」

她承認：

「這是真的，不過……」

「不要再什麼不過了。我們公司董事長上次和我一起去妳們工廠，到了才發現他遺漏了另一個重要的約會，只好臨時掉頭走了，但是他從車上遙望妳，對我說妳是一個值得信賴的伙伴。妳要知道，他看人是相當厲害的。」

她覺得被恭維了：

「感謝你們董事長。」

「我們董事長十分欣賞妳，為了表達他的誠意，他準備邀請律師、妳和他自己在辦公室共同商討合約條文，不知道妳何時有空？」

她猶豫，都尚未決定接受與否，有這個必要嗎？

「不要遲疑了，見面有助於了解彼此的為人和真誠，條文擬妥，妳帶回去慢慢斟酌、衡量，是不是對妳們有利，百無一害啊！」

聽起來很有道理。

「來得早不如來得巧，假若妳同意，我來連絡我們董事長和律師，如果他們也都有空，不如我們安排今天見面？」

「好……吧。」她聽到自己的聲音。

電話另一頭說：

「我立刻處理。」

過了廿分鐘，電話響起：

「我們很幸運，他們都願意挪出時間，那麼下午三點見好嗎？」

「好。」

「妳有我的名片吧？公司地址就印在上面，我們董事長辦公室在頂樓，妳直接上去，我會在電梯口迎接妳。」

修仙偕同殷總到達「小莉的最愛」工廠前看見一個熟悉的身影，趕忙搖下車窗，取出望遠鏡，沒錯，正是這個兩度挫敗自己，時時想到都會咬牙切齒的石某，他看到了扳回一城，不，使這個姓石的痛心疾首，悔不當初的機會，他需要好好策劃一下。

回到辦公室，看著桌前特製的鐵椅：

「還有比這裡更加的場景嗎？誘餌有了，說好說歹，也要把她弄來。」他開懷的笑了，打開右邊第一個抽屜，試一下按鈕，仍然利索，這套椅子已經建功兩次，第一回讓他便宜的買下按摩院，前年則擺平山線的一位大老，他再走到側面酒櫃前，打開夾層，全套俱備，現在只待東風刮起。

等了五天，姓殷的小子終於來電，約好下午三點，他心情大好，誇讚幾句，隨即去美容院剪髮，弄得香噴噴的，中午到鍾愛的牛排館叫了頂級菲力。

「這將是美妙的一天。」他邊咀嚼著，邊快樂的想著。

亞芳仔仔細細寫下想要討論的大鋼，將該注意的事項製成小抄，放在皮包內，出發前叫詩倩把即將問世的新產品裝一袋做伴手禮，看著乖巧的詩倩，思慮清晰，動了培養的念頭，她對詩倩說：

「妳準備一下，陪我去開會。」

詩倩顯得很高興，在車上講了一些同學們畢業後就業碰到的各種狀況。

「我和她們說，我現在的工作環境芳香，產品可口，同事和諧，老闆是個聰慧的大美女，待人和氣，同學們都羨慕死了。」

她握著方向盤，腦中盤繞著即將討論的重點，聽了只是笑笑，沒有回應。

盟雄貿易的辦公室在南京東路一棟辦公大樓裡面，門廳的告示牌顯示盟雄在十一樓，頂層十二樓掛的是胡氏集團，莫非他們的董事長姓胡？出了電梯，迎來殷總的笑臉。

當殷總把「小莉的最愛」女董和隨行人員帶入辦公室，修仙的雙眼一看到就很難從亞芳身上移開了，比他那時從望遠鏡中看到的更迷人，尤其那豐滿的胸部和纖細的腰肢誘人想一探究竟。

殷總為雙方做了介紹，修仙安排大家坐下。

亞芳第一次坐到鐵製的椅子，堅硬又冷，不禁微皺眉頭，加上這個胡董色瞇瞇的盯住自己，更使她渾身不舒服。

「我們董事長有練氣功，體溫比一般人高，所以他訂做了這些椅子，坐起來涼爽，也容易使坐的人挺起身子，有益健康。」殷總看到她的表情，詳加解釋。

她客套的予以讚賞。

修仙呵呵笑了兩下：

「這沒有什麼，只是個人的小嗜好，倒是我久仰董事長的大名，其實我並不是第一次見到妳，前幾天我隨著我們殷總到妳們工廠前，透過車窗看到妳們夫妻，赫然發現妳是我一位熟悉朋友的太太，妳先生姓石，對吧？」

亞芳十分訝異，怎麼沒聽明佐提過這號人物：

「是的，我先生姓石。」

殷總很歡喜：

「既然大家都是舊識，那麼合約更好談了，董事長，律師什麼時候來？」

瞬間亞芳好像看到胡董惱怒的睨眼，一閃而逝，胡董語音平淡的說：

「律師在你們抵達前打電話給我，說他有事耽擱，將遲到半個小時，恰好我可以利用這個空檔和老朋友的夫人閒話家常。殷總，這是我們兩家的私事，你先回到十一樓你的辦公室等候，律師到了再進來。」

殷總的笑臉僵住了，亞芳也感到奇怪，要談什麼私事不能給殷總知道。

「那……那，董事長，我去十一樓等，待會見。」

殷總才一走離，關上辦公室門後的三秒鐘，亞芳和詩倩都聽到椅子發出了機械的聲音，同時腰際被一個物件束緊，亞芳低頭審視，是兩個半弧形的鐵圈從扶手下方伸展出來，緊緊扣住。她和詩倩嚇一跳，立刻試圖以手拔開，但用盡了力量，無法撼動。抬頭想質問胡董，只見他一臉掛著得意的淫笑，亞芳知道下來將發生什麼事了。

修仙走到辦公室門前，按下鎖扣，回到主座上，問亞芳：

「妳知道妳先生破壞了我多少好事？」

看亞芳一臉的懵懂，修仙續道：

「不知道？沒關係，我大約講給妳聽，免得妳覺得冤屈，兩年多前在仙姑廟……」

聽到仙姑廟三個字，亞芳一下子明白，眼前的應該是那個陰謀奪取仙姑廟主控權的魔頭，又進入明佐夢境，結果被明佐徹底擊敗的傢伙。

不理會胡某的敘說，亞芳一次又一次的使力，始終徒勞無功，她最後盤算，以前勤練螳螂拳的底子仍在，只要胡某走到面前，她自信抬腳就可以撂倒他，不，撂倒還不夠，他爬起來會更暴力。

「若要一擊使他喪失行為能力只有踹破他的下陰了，不過這樣好嗎？」她有點猶豫。

胡董講話告一段落：

「人家都說夫妻一體，所以丈夫的債由妻子償還，天經地義。」

亞芳沒反駁，反正跟這種人講道理，完全浪費口舌，她全身緊蹦，蓄勁於雙腿。

胡董起身，亞芳緊張的盯住他，心中決定了：

「這一踢只許成功，否則她和詩倩的下場將會很淒慘。」

沒料到姓胡的起身後折回辦公桌旁的酒櫃，從其中拿出一隻注滿藥液的針筒，咧嘴笑著對她說：

「我很慈悲，這會讓妳還債時沒有痛苦，說不定還有快感呢。」然後走過來，但繞到背後。

「天啊！」她內心哀呼一聲，隨即把全身所蓄的勁道和悲憤合而為一。

「為何我這輩子的命運如此坎坷？父母早逝，繼父不正經，被生活所迫淪為討債打手，好不容易和心愛的人在一起，卻又碰上這個惡魔……」

隨著過去一幕幕的浮現，四周的空氣越來越冷、修仙站在亞芳背後心生奇怪，移步到門口查看空調溫控表，明明設定在廿度，現在只剩八度。他搖搖頭，真是怪事年年有，一定是冷氣壓縮機出現異常，但現在管不了那麼多，總之不可把到手的鴨子弄飛了，雖然在這種氣溫下做那檔事不太如意。

修仙重新往亞芳背後靠近，每走一步好像溫度又往下降一些，拿著針筒竟然感到有些沉重，他心中飄起陰霾：

「難道這位漂亮的石太太也有特異功能……」

他一吋一吋的接近雪白的脖子，針頭扎入，藥液慢慢的輸入，亞芳刺痛之餘心中的絕望升到頂點：

「那只好同歸於盡了。」

強大的哀戚滲透到四周每個角落，修仙居然看到空氣忽然凝結起來，開始結晶，他的腦中突然閃出一個畫面，那是修羅軍和天王軍對峙，修羅軍節節敗退時，一個人走到敵陣前盤坐運功，雙方人馬都被凍得不能動彈……。

修仙看到針筒突然爆裂，自己的手部也出現蒼白的裂痕：

「完了，完了，眼前的女人應該就是過去只能遠遠眺望、默默心儀的冷帥，難怪……自己會做……這樣……的……決……定……。」他已經無法思考，連影像、知覺都一一消失。

而亞芳從裡到外如同一片冰窖，她想起來黎老曾經要她修練明佐的火功來調和，如果那時有聽從的話，不知此刻能不能救自己？這也算一種因果報應嗎……，只可惜詩倩……還那麼年輕……，還有……肚子內的……兒……子……。她的腦中變成純粹的潔白，只有靜寂。

國家圖書館出版品預行編目(CIP)資料

看不見的戰爭系列：聯手入侵／梁德煌著 . -- 初版 .
-- 臺中市：晨星出版有限公司，2024.06
面；　公分

ISBN 978-626-320-841-4（平裝）

863.57　　113005591

看不見的戰爭系列：聯手入侵

作　　者：梁德煌
封面設計：賴美瑛

創 辦 人：陳銘民
發 行 所：晨星出版有限公司
臺中市 407 工業區 30 路 1 號
TEL：(04)23595820　FAX：(04)23550581
E-mail：service@morningstar.com.tw
http：//www.morningstar.com.tw
行政院新聞局局版臺業字第 2500 號
法律顧問：陳思成 律師
承　　製：知己圖書股份有限公司

讀者服務專線：TEL：02-23672044 ／ 04-23595819#212
讀者傳真專線：FAX：02-23635741 ／ 04-23595493
讀者專用信箱：service@morningstar.com.tw
網路書店：https://www.morningstar.com.tw
郵政劃撥：15060393（知己圖書股份有限公司）

出版日期：2024 年 6 月初版
I S B N：978-626-320-841-4
定　　價：NTD $350 元

封面圖片來源：shutterstock